バカが
全裸で
やってくる
入間人間

バカが全裸でやってくる

入間人間

一章
バカが全裸でやってくる

ひょっとしてきみは、天才かも知れない。

先生にそう言われたのが僕の始まりだった。

小学二年生のとき、国語の教科書にエルマーの冒険だったかな。もう名前や内容がうろ覚えなんだけどそういう話が載っていた。竜《りゅう》の子供とどうこう、という話でまぁそれ自体はあんまり関係ないんだ。そのお話を読み終えてから先生は僕たちに宿題を出した。

それは作文用紙に自分だけの『お話』を作ってくること。エルマーの冒険とどう関係していたか思い出せないけど、黒縁眼鏡《くろぶちめがね》で髪の量はちょっと先行き不安な中年の担任が一週間で書いてこいと作文用紙を配った。テストと違って創造力を働かせないといけない宿題は初めてだったから教室の後ろ側に座っていた僕は戸惑ったし、不安でもあった。

書いていて足りなくなったら、書きたい分好きなだけ作文用紙を持っていっていいと先生が最後に付け足した。もちろん大半の生徒は配られた三枚以上に書く気なんかなくて、その次の給食に備えてさっさと準備を始めた。真っ白な作文用紙の茶色いマス目をジッと眺めてから、僕もすぐに他《ほか》の子に倣《なら》って給食袋を取りだしたのだった。

その日は帰っても作文の宿題のことさえ忘れて遊んで寝て、さて翌日。作文を早速書いてきて足りなくなったから作文用紙をくれと教室の前で言ったやつが現れた。

そいつは僕が内心張り合っていたやつで昨日も放課後は一緒にグラウンドで遊んでいたのに、一体いつ書いたんだろうと不思議だったな。担任の先生に褒められて嬉《うれ》しそうに作文用紙を貰《もら》うそいつが気に入らなくて、自分のランドセルの中で教科書に潰《つぶ》されている作文用紙のシワを、丹念に伸ばしてその日を過ごした。

そしてその夜、僕は初めて『お話作り』に向きあった。

後で考えるとバカバカしい理由だなぁ。

僕の握るチビた鉛筆は、最初は一向に進まなかった。題名も決まらなくて椅子《いす》の上から転がり落ちて何度少年ジャンプに手が伸びたか。意地でどーにかなるのはマラソンで相手を追い抜くことぐらいでこーいうことはどーにもならん。僕は悟った。

シワをなんとか伸ばした作文用紙は机の上に放り出されて真っ白なまま、数日が過ぎた。作文の提出期限が明日に迫ったことを担任が授業中に話してようやく存在を思い出し、お腹《なか》がぎゅっと痛くなった。中学生や高校生になって頻繁《ひんぱん》に感じるようになったストレスを小学二年生で体験していたわけだ。放課後も遊ぶ気になれなくてすぐに家へ帰った。

お腹が痛いまま、学習机にほっぽってあった作文用紙と向き合う。大いに焦《あせ》っていた。そりゃそうだ。作文用紙のマス目を数えてみると四百個もあった。四百文字も書かないといけない。改行という発想も浮かばないほど追いつめられていた。

アホだなぁ。

それから一時間近く経《た》ってもなにも書けなくて、夕ご飯を食べてからもてるてる坊主のような真っ白用紙とにらめっこ。お風呂にも入らず散々悩んだ末に僕の出した結論は、『エルマーの冒険を参考にしよう』だった。ようは変な島に行って不思議な生き物がいて主人公が冒険するでいいのだ。そう考えると急に楽になってお腹の締めつけも引いた。

僕は早速タイトルを書いた。詳しくは忘れたけどナントカの冒険だったな。エルマーを忠実に参考にしている。それから次の行に自分の名前を書いて、そして本文を書き始めた。

島は一見普通。でも虫がいっぱい棲《す》んでいるという設定にした。僕は虫が嫌いだったからだからこそ虫を敵にしたのだ。主人公は僕に似た少年で唯一違うのは火を使うことに慣れているという点だった。僕は虫と戦うために島の木をバンバン燃やせばいいなんて考えたのだ。ヒデェ。子供の発想ってやっぱ残酷だわ。

僕の鉛筆がガリガリと作文用紙を満たす。一度書き出すと鉛筆が止まらなくなった。ゲームや漫画と一緒で一回はまると抜け出せない面白さがそこにあった。僕の頭の中には島が出来上がっている。周辺は海で青空いっぱいの無人島。ヤシの木っぽいのがすげー高く育っていて島を彩《いろど》っている。主人公はそこに偶然流れ着いた漂流者だ。

一緒にいた仲間は虫にすぐやられた。やっぱりヒデェ。その後の主人公、つまるところ僕はなんとか虫から逃げ出して復讐《ふくしゅう》を決意した。そこらへんで作文用紙三枚は埋まってしまった。簡単に埋まったのは小学二年生だから漢字が少なくてひらがなばっかりだったせいもあるだろうな。

黒い消しカスが張りついたような文字でいっぱいの作文用紙は中途半端に終わっていた。最後の文字が『め』だもんな。僕は書き足りずに部屋の中をうろつく。担任から作文用紙を貰おうにも明日が提出日なんだから無理だ。

だからとすぐに財布を握りしめた。作文用紙を買いに近所の文房具屋へ走った。漫画とゲームとお菓子以外のものを自分のお金で買うのはこれが初めてだった。僕は、言っちゃうと自信過剰に思い上がりもいいところで今となっては恥ずかしいばかりだけど、自分の書いた物語ほど面白いものは他にないって感じていた。それぐらい初めての創作は刺激的だったんだ。才能はともかく波長は合っていたんだろうな、小説と。

財布の中に残っていた小銭を全部使って作文用紙の束を一つ買った。二十枚入りだったけどそれでも足りるか不安だった。いくらでも書けそうな気がしていて、いつもなら宿題に取りかかるとすぐ重くなる瞼《まぶた》はなくなっていそうなほど軽く感じられた。

作文用紙の束に先週の少年ジャンプより重い手《て》応《ごた》えを覚えながら走って家へ帰った。それからまた猛然と執筆を再開する。最初は島を空の上から眺めているようだった僕の視点はいつの間にか主人公と同化して、草木を手で掻《か》き分けていた。

完全になりきっていた。僕が鉛筆を動かす度に場面は目まぐるしく変わる。情景描写もへったくれもない行動ばかりの文章がぽんぽん続く。でも描写って言ったって僕の目の前にはジャングルのような風景が広がっているわけで、一々そんなもん伝えてどうするという思いがあったんだろう。独りよがりなやつだと今は呆《あき》れるが当時は本気だった。

真剣に無人島で戦っていたんだ。

僕が熱心に書いていたものは背景のない漫画みたいなもので、今考えると小説と呼ぶことはできないかも知れない。だけど僕の原点はこれなのだ。

僕は自分の頭の中で冒険することの楽しさを知った。味を占めた。

ナントカの冒険。ひょっとしたらそのナントカには僕の名前が入るのかな。

日付が変わるまで起きているなんていうのは大みそか以外で最初の経験だった。

翌日に授業が始まる前に二十三枚の作文用紙を提出すると担任は非常に驚いた。僕の手の横っちょが鉛筆で真っ黒になっていたことや作文用紙がしわくちゃで汚いことにも驚いた。

そして色々驚いた担任はまず最初、僕にこう言ったんだ。

『ひょっとしてきみは、天才かも知れない』

多分担任は本気で言ったわけじゃないし冗談で言ったわけでもない。子供の夢を育てるという心意気はありながらも本心からそんなこと感じちゃいなかっただろう。いっぱい書いてきたということだけを評価されているわけでつまるところ『がんばったで賞』をちょっといい感じかつおおげさに褒めただけなのだ。

ひょっとしてはその予防線というか保険が無意識に働いたわけで。

だから担任も僕の大いなる将来を予見した偉人！　なんて評価はだれにもされない。

それどころか僕の慎《つつ》ましいこと確定な将来への影響も考えてなかったよな。

その言葉が僕の十代を根こそぎ縛《しば》るなんてことを、まるで想像しなかったはずだ。

あれから数えるのも面倒だからだいたい十年ぐらい経って、大学一年生。

まだ一応十代の僕が座敷に座っている。

ひょっとしたところで天才の芽はないことをとっくに自覚しながら、専攻している経営学部の飲み会に参加していた。動機は任意と強制の狭間《はざま》で、だ。

大学の入学式直後から悟ったことがある。大学っていうのは高校の延長線上にあるものだ。だから高校の教室での立ち位置がそのまま適用される。

僕は高校時代のことなんか語りたくないから黙秘するけど今の状況だけ伝えよう。居酒屋の隅に腰かけて小さな鍋《なべ》を箸《はし》でかき回して、隣の席は空いている。つまり察しろ。

放置されて冷めた鍋の豆腐を摘《つま》みながら周囲を見渡す。一部の社交性がある男女の混成グループが一番盛り上がっているみたいで、次に酒の入った男共。最後はキャッキャッとかしましい女子グループ。僕や対面《といめん》に座る男はぼっちで白菜を囓《かじ》る。薄い出汁《だし》がじゅわっと滲《にじ》んだ。

提灯《ちょうちん》の内側にでもいるような薄い赤色の光に包まれた店は大にぎわいだ。木製の壁は指で叩《たた》くとべこべこ音がする。座敷の前の通路は汚い靴やミュールで溢《あふ》れてゴミ捨て場みたいだ。二階にも席があって客がいるみたいで、天井がどこどこと鳴っている。

奥の個室では帰りがけの社会人集団が絶好調で、酔った男がプロレス技を同僚にかけている。どっちも酔っぱらっているみたいで技をかけられた緑の趣味が悪いスーツの男は痛いと叫びながらも大笑いしていた。

まことにうるさい。どうしてこんなものに参加しなければいけないんだ、と騒々しさが高まる度に苛立《いらだ》ちが募る。携帯電話の番号やアドレスを交換する音はたまらなくうざったいし、居酒屋店員が注文を受ける度に叫ぶ「はいよろこんでー！」もお前らしか喜んでない、と逆恨みに憤《いきどお》っていた。

ただ一応言っておくとこの怒りは飲み会の孤独だけで培《つちか》われたものじゃない。独りはそれなりに慣れているので、そこまでこたえることはないよ。

豆腐が崩れて白く濁った鍋の中身をかき混ぜながら、僕は冒険を再開する。取り留めもない空想に逃げて時間を潰す。二十分ぐらい前に中断していた場所を思い出してそこから場面が動いた。……島だ。今日も無人島で元気にサバイバル。僕の空想は島を舞台とすることが多い。原点の作文のせいなんだろう。或《あ》いはエルマーのせいかな。

時々、視点が主人公たる僕の目から離れて頭上より見下ろす形になるのが面白い。そのときの僕はどんな顔をしているかというと、よく分からない。一瞬だけ映る横顔を確かに眺めたはずなのに、頭の中で再現することはどうしてもできないのだ。

まぁ僕の顔なんかどうでもいいんだけど。

物語の動く傍《かたわ》ら、その手前でキーボードを打つ。僕の思い描く空想の手前にはだれか覚えのない二つの手とキーボードが常にあるのだ。その手がカタカタと文章を、物語を紡《つむ》いでいる。

現実と過去があわさっている。過去の僕が無人島をお話に選んで、だけどその物語を書き写す対象はパソコンの画面。作文用紙じゃない。僕が小説を書く道具は鉛筆と紙じゃなくなったのだ。

月日が経ち、夢には現実がにじむようになっていた。

今の僕は小説家を目指している。

小説を書くことに楽しさ以外の目的を見出《みいだ》してあがいて……はいつくばっている。

それだけが僕の人生の特色と言える。他の要素は探せばたくさんの大学生から見つかるものばかりで、これだけが僕という人間を表している。それぐらい譲れないものだ。

そしてその結果が出ていれば、ここでこうして一人ぼっち、居酒屋の隅っこに収まってはいないだろう。高校のときに芽が出ていれば大学だって行かなかったはずだ。ここに集《つど》っている連中もさして気高い目的があって大学進学を志したようには思えないけど、時間稼ぎのために親に金を出させて鍋をつついている僕はそれ以下だ。

それ以下が遠くを見る。僕からはるか離れた席に、そいつはいる。僕はそいつに憧《あこが》れて妬《ねた》んで羨《うらや》んで、視線をぶつける。だけどそいつは気づかない。顔は相当に火照《ほて》って酒の入りが深いようだ。周囲に男子と女子がいる。様々な理由で囲われている。話の聞き役に徹している『彼女』が近くて遠く、絶望的な差を僕に見せつける。それも無意識にだ。

僕の目指す距離は居酒屋のテーブルの端から端までより遠い。

……天才じゃなくても小説家ではありたいと願うのは矛盾しているのかな。

『才能というものが伴わなければ、夢はすぐ迷子《まいご》になってしまう』

最近読んだ小説の中にあったそのフレーズが僕の頭を締めつける。

その小説を書いたやつが同じ空間の中にいるから余計に。

口に放りこんだ溶けかけの豆腐を舐《な》めるように食べながら自分の内側に問う。

天才じゃない僕はどうすればいい？

その答えはいつだって、灰色の壁に額をぶつけるような絶望でしかない。外側にはもっともっと酷《ひど》い答えしかないんだろうと思って気が滅入《めい》って溜息《ためいき》に溺《おぼ》れる。

……いつもは、そうだった。

普段通りの溜息も半分ぐらい出ていた。

だけど今日はそこから、心ばかりの異常が僕に訪れた。

言い表しようのない『それ』が、ゆっくりと、僕を照らす。

予兆なのか、或いは。

僕はなにかの輝きに惹《ひ》きつけられたようにそっと、顔を上げる。

まだ閉じきった店の入り口に。その向こうに確かな熱を感じて。

……『それ』から始まるのは、光と夢のお話だ。

当人にとってはどこか現実味が感じられないから、おとぎ話と表してもいいかな。

その光は希望とか明日とか輝かしいものだけじゃなく、あまりに尊くて眩《まぶ》しすぎて目がくらみ、将来や目標への距離を見失ってしまうような厳しさ、つまり現実にも満ちている。

夢と現実が同時に、僕を誘《いざな》い、襲い、そして強い光が全《すべ》てを呑《の》みこむ。

僕は光の中をもがいて……そして、進むのだ。

ようやく。

あの小学校でのたった一言から始まった、僕だけの人生を。

『それ』は始まりでありながら終わりの余韻《よいん》も感じさせる、不思議な到来を僕に見せた。

『それ』を表す言葉は、いくつもあるんだと思う。

『運命』でもいい。『連鎖』でもいい。『奇跡』と呼んでもいいかも知れない。

そいつはまっさらな自分を見せつけて、そして僕と出会う。

きっと、幾多の過程を積み重ねて。

どこまでも地続きな物語を駆け抜けて。


僕が居酒屋の入り口になんの経緯もなく注目した直後。

居酒屋の扉が力強く蹴《け》り倒される音と、芯《しん》の一本通った伸びのある悲鳴が響き渡る。

事件と不安と絶望と、ほんのちょっとの好奇心をくすぐる非日常の音。

そして日常を覆う肌色が押し寄せる。

『そいつ』は、

『僕の前』に、

『全裸』でやってきた。

……フルティンである。

完全に直接的な言及は避けるけどティン丸出し。

前も後ろも包み隠していなかった。

びんぼっちゃまの全裸バージョンだ（それならだれでも裸です）。

そんなやつが全力疾走で現れて居酒屋の入り口を蹴り飛ばして、飛びこんできた。

……ここ、昨日まで僕が住んでいた日本だよな？

真っ先に悲鳴をあげたのは入り口で出迎えた女店員で鋭い金切り声をあげる。事件の匂《にお》いかと全員で注目して、悲鳴の二乗。酔った男子は笑い出すやつもいたけど。全裸の男が肩で息をしながらも駆けて、こちらへ向かってくる。うわ、揺れてる！

店員の制止なんか知ったこっちゃないとばかりに裸足《はだし》で駆ける全裸さん。中肉中背の男が綺麗《きれい》なフォームで手足をばたつかせて座敷に上がってくる。全員引く。僕も引きたい。でも背中には壁があってそれ以上逃げ場がなかった。

「どーも、バカでーす！」

全裸男が両手を上げて陽気に自己紹介。なるほど見た目通りなんですね。

女子の悲鳴がウェーブのように順序よく弾ける。ただし問題はその方向が確実に店の奥、ぶっちゃければ僕の方へ向かっていることだ。なんでだよ！

全裸の男はどういう理由なのかさっぱりだが、僕の隣に空いた席を選んで座りこんだのだ。座りこむと同時に広がる酒の匂い。どうやら全裸男は居酒屋に来る前から随《ずい》分《ぶん》と酒が入っているようだ。見れば顔が照明に照らされたように真っ赤だった。

そして不思議なことに、全裸男は泣いていた。乾いた跡もほとんどなく、今も絶え間なく涙を両眼から流し続けている。真っ赤に充血した瞳《ひとみ》。気圧《けお》される体液の流出。

その不可解な双眼が僕をとらえる。

僕は顔より下半身に注目しかけるのを自制する。

もう頭の中のキーボードはバキバキに破壊されていた。

「注《つ》いで」

全裸男がだれの使ったか分からないようなコップを掴《つか》んでこっちに突きだしてくる。

こっちに僕以外がいないのでとぼけることはできそうもなかった。

「おら注げ、そこにあんだろ」

コップを指の爪《つめ》で弾きながら乱暴に催促してくる。そこに？　と僕の周囲を探ると渡されてからだれも手をつけていないビール瓶があった。注げということはつまりこれのお酌《しゃく》を求めているということだろう。ビール瓶を咄嗟《とっさ》に手に取ったものの、困惑は続く。

座敷を及び腰で覗《のぞ》きこんでいる店員に目配《めくば》せしても静観するだけで、動きそうにない。

「……ぁ」

全裸男に喋《しゃべ》りかけようとして口を開くと声が上手《うま》く出なかった。居酒屋に来てから一度も発声していないからだ。いやそれどころか大学にいる間も喋っていないせいだ。

「あぁー？　聞こえんなぁー」

テメー北斗《ほくと》の拳《けん》の悪役か。全裸男の手を添えた耳がこっちに寄せられる。総体的に丸出しのソレまで僕との距離を詰めることになるので気分が陰《かげ》る。

「お酌は、こう、女子にしてもらった方がよくないですか」

「バカヤロ！　全裸の男を外でお相手する女子なんかいるか！　いたら痴女《ちじょ》だ！」

変なところで理性の働いた突っこみを入れられた。だがそれは半分しか正しくない。

別に男だって全裸野郎のお酌なんざしたくねーよ。

そう反論したい気持ちでいっぱいになったけど全裸男はある意味、刃物持ちより恐ろしい。異国の得体の知れない文化を説明なく観賞させられる気分に陥っていた。

それぐらい、公衆の面前における全裸男は僕と別世界の存在だった。

涙のせいもあって大人《おとな》しくビールを注ぐと全裸男は上機嫌になって、僕をかんぱいに付き合わせる。というか僕の未使用のコップにも遠慮なくビールを注いできた。酒弱いっていうか、僕ら未成年なのに。全裸男は年齢不詳だけど。

店員呼んでこいと騒ぐ生真面目《きまじめ》そうなやつもいれば、全裸男を面白がって眺めているやつもいる。酒の影響で常識が濁り、余興かなにかと勘違いして異様に受けている集団も存在した。『彼女』はどうだろう。顔を上げて少しだけ探してみたけれど、見つからない。

「俺《おれ》たちの出会いと物語にかんぱい！」

「……んぱい」

どっちも歓迎したくなかったので最後だけぼそぼそとあわせた。

全裸男が僕の注いだビールを一気にあおる。

美味《おい》しそうより楽しそうに飲むやつだ、とその喉《のど》の動きや姿を眺めて思う。

こっちもチビチビと啜《すす》るように飲んでその苦みにしかめ面《つら》した。

こいつが次になにをしでかすのだろうと不安になりながら。

だけどその全裸男の動作が途中で止まった。

「う、ぇ、走ったら酔いが、回った」

「他のものもぐるんぐるん回ってたよ」ぼそっ。

「げんかぁーぅい」

半分ほどビールの残ったコップを全裸男がテーブルに戻す。それから、倒れた。

ばったんと背中から座敷の上に倒れて微動だにしなくなる。穏やかで安定した腹式呼吸。どうも寝入ったようだ。

五月の通り雨のようなやつである。

当然、下半身は包み隠さないままだ。しかもエンジン全開（比喩《ひゆ》表現）になっている。

……武士の情けということで倒れ方を、仰向けから俯《うつぶ》せにしてみた。

今度は尻《しり》丸出しになった。

これはこれでビジュアル的にキツイ。むしろなぜか余計に直視できなくなった。

みんな見なかったことにして自分のお相手の顔と向き直る。盛り上がりは谷間の底からはい出たように再び復活して、僕や対面の白菜ばかりかじる男子以外は元通りだ。

呼ばれてきた店員は困惑顔で、全裸男（財布は絶対持ってない）を眺めている。処理を決めかねているようだけど、なんだか僕まで仲間に見られているみたいで居心地悪かった。
残ったのは飲みかけのビールが残るコップと、隣にケツ丸出しの酔っぱらい。
……なるほど。高校生活とは劇的に違うな、大学生活。
単なる飲み会にこんな刺客《しかく》が送られてくるとは思わなかった。
こいつは一体なんなのか。
どうして全裸でやってきたのか。
その素性と経緯を知りたくなったけど、好奇心をねじ伏せた。
僕が関心ある点は一つだけ、ということにする。
こいつのあだ名が全裸かバカ、明日からどちらで確定するだろうなって。
そんだけだよ。

あの後にすぐ店から放り出されて道路でも全裸で寝ていたバカ（僕はこっちに決めた）が、今度はアパートの床で大の字に仰向けで倒れている姿が朝一番に見たものだった時点で今日の運勢は終わってる。その元気に反り返ってるやつを蹴ってやろうかと側《そば》で素振りしたけど足が汚れそうだからやめた。見苦しいのでタオルケットだけ上からかけた。

涙の流れた跡が頰《ほお》に幾重《いくえ》も残っているのは、見なかったことにした。

ひょっとすると泣き上戸なのかな、こいつ。

窓際《まどぎわ》であぐらをかいて頰杖《ほおづえ》を突き、溜息。なんで自分のアパートにこいつを連れ帰らなくてはいけなくなったんだろう。きっと酒のせいだ。少量摂取《せっしゅ》してしまった酒のせいで判断力を鈍らせたことがこの事態を招いたのだ、きっと。

あれから一時間ぐらいしてコンパは解散となった。意気投合して二次会に行く連中もいたし吐き気を堪《こら》えるような姿勢と顔で地下鉄の駅へ向かうやつらもいた。無言で集団から離れて去っていく、隅で鍋をつつく組もいて本来僕はそっちに入るはずだった。

しかし全裸のバカがそれを許さない。

紆余曲折《うよきょくせつ》あって、泥酔《でいすい》して深く寝入っている全裸の男は同じ大学の同学部のやつだということまでは身元が判明した。問題はそこからで、一向に目覚めようとしないそいつをなぜか僕が引き取ることになってしまった。

単に空いていた席に座って酒を注いでやったという理由だけで。女子に任せられないのは分かるけど僕が世話する理由はない。理由はないのに押しつけられる。生きるうえで高確率に起きうる理不尽に今回も抗《あらが》うことはできなかった。みんながほんとにバカを放置したまま、それぞれの目的に基づいて移動していってしまったので、取り残された僕は見捨てることもできずに連れてきてしまった、というわけだ。警察に預けるということも考えたが一人暮らしを始めたばかりの僕は、交番の場所など存じないわけで。

「……現実は非情だ」

　窓から差しこむ朝日に片目を焼かれながらぼやく。一人暮らしを始めて一週間。大学生活が始まって二日目。部屋の中で裸になったのは女の子じゃなくて見知らぬ男と来た。嫌なファンタジーだ。僕の小説に使えるだろうか。……無理そうだな。

　ややあって目覚めたバカが上半身を起こす。起こすとタオルケットが身体《からだ》を滑り落ちてあっさりと素っ裸が復活した。目に毒どころか目の毒だ。しかも隠そうとしない。額に手を当てて苦痛に耐えるように歯を食いしばっている。どうも二日酔いらしい。

　僕はそれを観察して、溜息をつきながら立ち上がる。特に義理はないが身体が動いた。流しで水道水をコップ七分目まで汲《く》み、バカに無言で差し出す。バカもコップを無言で受け取り一気にあおった。底の水滴まで舐めるように飲み終えてからバカが落ち着いたのか額から手を離し、長々と息をはいて俯《うつむ》いた。

僕はバカと一メートルほど距離を取って床に座りこみ、出方を待つ。それと観察。素っ裸のバカは全身の毛が脱毛でもしているように少ない。日に焼けておらず筋肉質でもないから、言動や裸人の格好はともかく粗野なイメージは伴わない。浮き出た鎖骨。大きく、力強さを感じさせる目に知性を感じさせる鼻と唇の配置。上質な飴《あめ》細工のような色の髪を垂らして俯いていると、線の細い優男《やさおとこ》の印象が強まる。

「あー……あぁぁぁぁぁぁぁぁぁぁぁぁぁぁあ！」

などという印象を覆《くつがえ》すようにバカが叫んだ。天井へ向けて咆哮《ほうこう》するように。室内と窓ガラスを微細に揺るがす。

「黙れコラ！　僕が怒られるだろうが！」

人の制止を無視してそのまま歌い出す。まだ酒が残留しているのかこいつは！　朝っぱらのアパートで大声を出すな！　バカは慟哭《どうこく》のように歌い続ける。

何度も口では止めたがバカはそれを振り切るように、結局最後まで歌いきってしまった。

歌い終えたバカは憑《つ》き物でも落ちたようにまた俯き、僕を横目で見る。

「ここお前んち？」

酒の抜けたバカとの最初の会話はそれだった。嗄《か》れた低い声だ。僕がだれとか素性を尋ねる前に居場所を確かめてくる。逆に僕もバカの正体を無視して返事する。結果、自己紹介を省く形となってしまった。

「そう、借りてるアパート。昨日のことは覚えてる？」

「あーバッチリ。オレ、妖精《ようせい》さんごっこして街を楽しんでた」

いひひ、と憶劫《おっくう》そうにバカが笑う。そのまま人目のつかない森にでも帰れよ、と独り呟《つぶや》いたつもりだけどバカの耳にも届いたらしくて肩を揺する。

「酔った妖精さんが居酒屋に舞いこんだとでも？　全裸で」

「妖精が服着てたらおかしいだろ」

「服を着ない妖精も現代社会では十分異常だ」

「異常者扱いとはひでぇなぁ。これでも凡人極まりないぜ、オレ」

凡人は他人の家で遠慮なく全裸を晒《さら》さない。そして起き抜けに歌い出さない。というかこいつさっきから、自分が裸である点になんの言及もないぞ。

「なんで裸なんだよあんた。それと歌うな。二度とここで歌うな」

思わずこっちから尋ねてしまう。バカは自分の胴体を手のひらで撫《な》でながら答える。

「脱いだからだろうなぁ」

「その服は？　靴は？　荷物は？」

「知らん。ダンボールハウサーが回収しちゃったんじゃねえかな」

涼しい顔で答えて頬をかく。……なんで僕、こんなやつを家に上げて大人しく会話しているんだろう。

「それでだな」

「おぅ？」

「速やかに出てけ」

入り口の扉を指差す。バカは顔を上げて人懐っこそうな笑顔を浮かべる。

「おいおい、裸で外出ていけって？　お前、お人好《よ》しそうな顔してるのに鬼だな」

面倒くさいやつだな。服を隠し持ってる、はずがない。隠す場所もないのに。

「分かったよ、服は僕のを貸してやる。明日にでも大学で返してくれればいい」

なんでこいつに至れり尽くせりしないとダメか分からんが居座られても困る。いやどことなくこいつとなし崩し的に同居する気配を感じて仕方ないのださっきから。物語に浸《ひた》りすぎてそういった発想ばかりが僕を埋め尽くしているのだろうか。

「それはありがたいねぇ、けどさぁ……今はもう少し、寝かせて、くれ」

口を動かしながらゆるゆるとバカが倒れていく。こてんと床に横になったバカは目を開いたまま表情が固まる。まばたきも行わない。死体ごっこのつもりだろうか。

「頭痛い。ダルイ。手足がむくんでる。こんな半病人を外に追い出す気かきみはー」

「二日酔いが病気の一種だと認めてもいいけど、自業自得な側面が強いのはねぇ」

「飲まずにはいられないときもあるんだってー……ぐぇぇ」

「おいゲロ垂れ流すなよ」

「だいじょーぶー……」

寝返りを打って床に顔をへばりつける。無理に動かそうとしたら「うぇー。こら、部屋全体をエチケット袋にすんぞてめー」と弱々しくバカが脅してくる。正直、相手するのがもの凄《すご》く面倒くさい。床に転がっているデジタル時計を見る。講義の一限目が始まる時間に差しかかっていた。まだ履修登録は済ませていないし大学から歩いて三分のアパートを借りているので慌てる必要はないが、余裕もない。なにしろまだ大学内の構造をほとんど覚えていないからなぁ。迷うこと請け合いでそれを含めるとそろそろ出たいところだ。

「分かった本当のことを言うオレって妖精じゃなくて座敷童子《ざしきわらし》なんだ幸せー」

「……股間《こかん》がもう童子ってレベルじゃねーだろ」

抵抗感を失って低俗な部分に突っこみを入れてしまう。すぐに自己嫌悪《けんお》が襲った。

はぁ……どうする？

財布も携帯電話も通帳も鞄《かばん》に入っている。盗難に遭って困るものはなにもない。あ、パソコンは困るか。けどそれを持って大学まで行くわけにはいかない。それに同じ大学と身元は分かっているのだから、仮に盗まれても捜索は簡単だ。

あと困るのは今まで小説を書き溜《た》めてきたノート。読まれると気恥ずかしいが興味などまず示さないだろう。僕と対極にあるような派手な髪と容姿は、小説というものからかけ離れていそうだった。

つーか全裸って文明に真っ向から立ち向かっているよな。

……となれば。まぁ、もう、放っておくか。裸を見せつけられているとどうも疑心や敵意が萎《な》える。その下半身を象徴するシンボルがアーチを描く度に、僕からあらゆる気概を削《そ》ぐのだ。卑怯《ひきょう》すぎるだろあれ。段々と笑えるようになってきてるんだぞ。

「夕方になったら帰れよ、いいな」

「おー。お家《うち》帰るぅ」

「それとパソコンには触るなよ、絶対だ」

「任せろぃ」

非常に不安を煽《あお》る安請け合い。顔を近づけて覗きこんでから言葉を重ねる。うわ、こいつ口を開く前から酒臭い。昨日はどれだけ飲んでから居酒屋に現れたんだ。

「絶対だぞ」

「安心しろ。オレはすっげー義理堅いから。なにしろ頭使うバカだもの」

眠いんだからさっさと行けとばかりに面倒そうに言って、バカがタオルケットに全身くるまる。僕に背中を向けて話すことを拒否する。むしろお前がさっさと出ていけとばかりに。

「そのふてぶてしさにはある種感心するよ」

「ありがとう。謙虚《けんきょ》なオレをそう褒めたのはお前が初めてだ」

そこらへんで会話する気も失《う》せた。玄関に向かい靴を履く。一足しか靴がないのだから、履き物についてはそもそもバカに貸す分などないことに気づいた。だから用意しようとかそういう考えは一切浮かばない。扉に手をかけて最後に振り返ると、バカは安らかな寝息に包まれて安息を得ていた。もうどうにでもなれ。

そうして僕は見知らぬ男を部屋に放置して大学へ出かけた。

名乗ったとおりに妖精なら帰ったとき、パッと消えていてくれないかね。

そうして僕は大学から帰った。……いや大学であまりになにもなく、ただ普通に講義を受けて帰ってきたから描写することがないんだ。ただ同じ学部の女子の集団から話しかけられることはあった。

『ねぇねぇ、あれからどうしたの？　なにって、裸よ、裸』

先頭のチョウチンアンコウのような顔になった女子が尋ねてくる。講義棟の長机に手を突き前のめりになって。

『むしろどうなったの？』

横に立つトビウオみたいな細い女子が喜色を隠さずに追及してくる。どうなったって、なにが？　僕が質問の意図を摑めないでそう尋ね返すと女子集団はそれを無視して、内輪でキャーキャーと盛り上がる。なんだこの集団は、と首を傾《かし》げながらそそくさと逃げ出した。以上、大学内で今日唯一会話した場面をお届けしました。

講義中、それに大学を歩く中で僕は『彼女』の姿を自然と探したけれど、一度も見かけることはなかった。昨晩はかなり飲んでいたから二日酔いに悩まされて欠席したのかも知れない。まぁ見ればただ嫉妬《しっと》心《しん》が募るだけだ。それでも意識してしまう自分を否定しない。

で、アパートの扉を開く。鍵《かぎ》もかけ忘れているという事実に気づいたのは玄関で靴を脱ぐ途中だった。僕の一人暮らしを心配する父親がこの不注意を知ったらお説教どころか実家への送還を命じかねない。なにしろ全裸のバカまでいらっしゃいます故《ゆえ》に。

「おかえりー」

「……やっぱいやがるよ」

溜息混じりに部屋の中を見る。バカが慎重な手つきで二本の箸を操ることでパソコンのキーボードを押していた。

「おいそこの自称義理堅いの！」

脱ぎかけていた左足の靴を宙に蹴っ飛ばしながら部屋に上がる。バカは箸を構えたまま振り返り得意げに唇を吊《つ》り上げる。

「オレが触ってはないぞ」

「とんち合戦やってんじゃねーんだぞ！」

「いやぁ一日一回はトップページを拝まないと落ち着かないエロサイトがあって」

はははと二日酔いも治まったのか爽《さわ》やかに笑うバカ。悪びれる様子は一切ない。

「怒る気もなくなるよ、その構図」

横から眺めるとカマキリのポーズみたいだ。バカが箸を放り出してあぐらをかく。エロサイトを画面いっぱいに広げたまま。バナーのおっぱいが揺れていた。なんか泣きそう。

「しかしこのやり方は時間の無駄遣いだよなー。ほんと、忙しいってのによぉ」

「ていうか服を着ろ」

なんでまだ裸にタオルケット巻いてるんだよ。そんなのと素面《しらふ》で向き合いたくない。

「人の服を勝手に着たらマズイだろ？」

「人のパソコンを勝手に使うのもマズイと思わなかったのか？」

「いやぁ一日一回は」「もういい。動くな」部屋の隅に畳んである服を適当に見繕《みつくろ》ってバカに向けて投げる。「悪いねー」と軽い調子で礼を告げてバカが服を着る。やっと全裸ではなくなった。全裸でなくなると途端、バカはただの大学生になる。

「これで家に帰れるな。はいサヨーナラ」

「おう、じゃあな」

ジーンズにシャツの、深夜に牛丼《ぎゆうどん》食べに行くような格好でバカは去っていった。

裸足で三和土《たたき》に降りてぺったぺったと足音を立てて出ていく。常識的に扉も閉めていった。

「…………………」

床に座りこんでからパソコンに放置されたエロサイトを眺める。なんでこういうサイトは金髪のオネーチャンの比率が高いんだろうな。いや好きですけどね。マウスを手に取り適当に操作すると、エロサイトの他にワードが立ち上げられていることに気づく。

そのワードを不思議に思って確認しようとした瞬間、きぃ、と扉の金具の軋《きし》む音がしたので振り返る。

バカが戻ってきた。扉を半分開けて顔を覗かせてくる。そのまま内側から扉を蹴って閉めて長い前髪を挟んでやりたいと思うのは僕だけだろうか。

あまりにあっさり出ていくから、出戻りがあると予感していた。

「止めろよ」

「なんで」

「いやこんな謎《なぞ》だらけの青年をスルーしないだろー、普通」

ぺったぺったと歩いて部屋の中にまで舞い戻ってくる。土足より汚れていそうな両足で上がらないで欲しい。本当に汚いなこいつの足の裏。昨日も道路を裸足で走ってきたからか？　バカはそのままパソコンの前にあぐらをかいて座り直した。ニヤニヤしている。

エロサイトの光を背中に浴びながら笑うと最高に軽率でバカっぽかった。

「なにあんた、寂しがりやさんなの？」

「お前こそ。さては意地っ張りだな」

なんでだよ。バカが部屋の中を見回す。面白いものなんかないだろうに。

「あー、服ありがとうな」

天井を向いたままバカがシャツの胸もとを摘んで引っ張る。

「それを言いに戻ってきたのか？」

「まぁ。それと冷蔵庫のチーズとウィンナーと食パンをありがとう」

「おい泥棒」

「あのさぁ」

「さっさと帰れ心苦しいからあまり言いたくないけどさーあー順序間違えた」

「お前、小説家目指してんの？」

瞬間。

頬から額にかけてカッと熱くなった。

熱の亀裂《きれつ》が僕の脳まで浸透する。

思わず立ち上がってバカを見下ろす。両手は握りこぶしを自然と固めていた。さらりと言っていいはずがないことを口にしたバカは自覚があるのかないのか、無表情とも異なる平坦《へいたん》な顔つきで僕を見上げていた。冷たくもなく、熱も感じさせない瞳が僕を捉《とら》える。

「なにを見た。パソコンか？　ノートか？」

「両方だ」

平然とした態度は崩れない。むしろ空気に慣れたのか口もとが緩みかけている。激《げっ》昂《こう》しそうになっていた僕はその笑みに更《さら》に怒りを重ねる、つもりなのだがどうにも空回りを起こす。思い切り踏みつけたはずの地面が底なし沼だったように、叩きつける怒りが手元に跳ね返ってこない。沈み込んで、中途半端に沼の水面でもがいている。

「まっっったく悪いと思っていないみたいだな」

「素性の分からないやつを泊めるお人好しの生活を知りたくてね。調べているうちに素敵に詩的な文章に行き当たったというわけだ」

「帰れ」

今度は明確に入り口の方向を指す。毅《き》然《ぜん》とした意志を込めて。バカもそれを察してか腰を上げた。「服は明日返す」と告げたけど僕の沸騰《ふっとう》寸前の耳には半分も入っていない。

ああ、ああ。熱い。顔が、胸が熱い。顔面を掻きむしりたい。

だからやっぱりこんなやつを泊めるのは間違いだったんだ。

「あぁ、こりゃお世辞でも褒め言葉でもないんだがな」

横目を向ける。玄関に立っているバカが微笑で僕を見つめる。そして言った。

「お前、小説家になれると思うぜ」

「うせろボケ！」

ひょっとしない世界に生きてんだよ、僕は。(最初のページ参照、みたいな)

バカが首を引っこめて今度こそ消える。

取り残された、いやようやく厄介者《やっかいもの》を追い払った僕は部屋の中で独りになる。立って机の上に並べられている大学ノートを手に取る。広げてもバカが触った痕跡《こんせき》なんか勿論《もちろん》ない。それでもパラパラと落ちつきなくページを捲《めく》って、そのまま腰を下ろす。

顔を上げると目の前をピンク色の文字と小さなウィンドウが覆い尽くしていた。

その直後に自分が呟いた言葉が「ちくしょう」なのか「バカ野郎」なのか判然としないまま目をつむって、心臓の動悸《どうき》が治まるのを待ち続ける。

手の中にあったノートの端が、握り潰された。

「なぁ、まだ怒ってる？　根に持つやつだな」

「根に持ってない。現在進行形なだけだ」

　翌日、大学内でいきなりバカに遭遇した。履修登録するための機械室で服を着たバカと鉢合わせたのだ。機械室の中は新年度を迎えた学生で朝からごった返していて、登録に使うパソコンを選《え》り好みできる余裕なんかない。必然空いていた二台に僕とバカが並んで座るしかなかった。で、学生証を取りだしながらバカが話しかけてくる。

　その喋り方が人懐っこいものだから、油断するとすぐに平常な返事をしてしまいそうになる。各学生に与えられるポータルサイト用の番号が印刷されたメモ用紙を睨《にら》みつけながら、隣のやつに気を許さないように引き締める。

　それとどうでもよくないけどこいつ、昨日貸した服を返す気がまるで見受けられないのは僕の勘違いというやつだろうか。

「そんな恥ずかしがっていたら小説家になったときどうするんだよ」

　昨日貸したのとは異なる服を着たバカがからかうように話しかけてくる。周囲の相談と雑談が混じった騒々しさは遮りとしてなんの役にも立たないらしく、バカの声は明確に僕の鼓膜を揺さぶってくる。

「なる予定は一切ない」

「あれ、目指してねーの？　ありゃ趣味で無人島を冒険してるわけ？」

我慢しきれずに横目で睨む。バカは目があうと怯《おび》えるどころかむしろ喜色を浮かべて見つめ返してきた。その馴《な》れ馴れしい態度にこっちが目を逸《そ》らしそうになる。

「オレ、ああいう冒険物大好きだぜ」

「……お宅はあれだ、他人様《ひとさま》の私物を勝手に漁《あさ》れと教えられたのか？」

一週間前に読んだ漫画の台詞《せりふ》を真似《まね》て嫌みで返事する。バカは頷《うなず》いた。……頷いたぞ。

「人生の糧《かて》になるなら多少の悪事も構わないと教えられた」

どんな親だよ。父母どっちか知らないが、ろくでもないことを子供に吹き込むな。

「でさぁ、お前どの講義取る？　あの飲み会にいたんなら学部一緒だろ？」

「おい覗くなよ。これも個人情報だぞ一応」

椅子から腰を上げて人の履修予定を覗くバカの肩を押し返す。バカはチッと舌打ちしながら席に戻って唇を尖《とが》らせる。……今更ながら本当になんなんだ、こいつ。

「あのなぁ」

「お、なんだなんだ」

嬉しそうだなこいつ。昨日のことは水に流す、なんて期待していそうだ。

「なんで僕に絡《から》むんだよ」

バカが目を丸くする。そんなこと聞くか普通、という顔までされた。なんだよ、変か？

「理由なんてないだろ。強《し》いて言えば成り行きじゃねぇ？」

「……おいおい」

理由もなく仲良し気取りか。しかも人の隠しておきたいものを暴《あば》いておいて。

「ま、いいじゃねえか。大学でまずは友達作らないとな」

「その友達がなんで僕なんだか」

「知るか。友達を一々選んで作るかよ、面倒くせぇ」

友達になったつもりもないのに友人論を僕に語るバカ。勝手な親しさの波が僕に襲いかかり、踏みしめていたはずの砂ごと足もとを掬《すく》ってくる。後ろめたさのない人間を怒り続ける独り相撲《ずもう》に疲れて、僕はバカを受け入れつつあることを嘆く。が、どうしようもない。

対照的に元気極まりないバカは学生証の番号を入力しながら笑顔で次の予定に誘ってくる。

「履修登録終わったら飯食おうぜ」

「僕は出かける前に食べてきたよ」

「じゃあオレが食べてるのを大人しく見ているんだな!」

わはは、とバカが笑い飛ばす。僕も釣られてははは と乾いた笑いが漏れてそれが皮肉の意味を込めていると、まったくバカは察してくれないようなのでもう色々と諦《あきら》めた。


曇り空がずっと続くはずだった僕の日常は連日の日照り模様。

大学生活三日目。二日目より会話の数だけは、記録更新中……かなぁ。


「それでお前の小説一発当てて印税ウハウハ作戦についてだが」

「黙って卵サンド食ってどっか行け」

大学へ通じる傾斜の厳しい坂を上ってすぐの場所には、落葉樹で囲うように作られた広場がある。そこには校内の案内標識とベンチがあって、僕らはそこに座っていた。

大学の玄関を務める坂では桜が咲き乱れているのに僕たちの周辺は枝の灰色ばかりがめだつ。空は雲だらけなのに太陽だけは遮らず、暑さを凌《しの》ぐことができない。

「いいじゃん。お前は夢が叶《かな》う、オレは印税の半分が懐《ふところ》に入ってニッコリ笑顔」

「その発言には多角的に突っこみたいが、まず一つ。なんで半分あんたが貰うんだ？」

「プロデュース代」

舐めんな。世の中と僕を。

ベンチの隣に腰かけるバカを睨むと、頬張っている卵サンドが美味《うま》そうに見えてきて困る。地味な空間の冴《さ》えない白ベンチを利用しているのは僕とバカだけで、他の通りすぎる学生が一息つくことはまるでない。目の前の通りは独りぼっちのやつが左側を通り、集団の賑《にぎ》やかな連中が右側を歩いている。校則に則《のっと》っているわけじゃないだろうけど自然にそういう流れができあがっていた。ちなみにベンチは右側に近いので、男女混合の集団が目の前を通りすぎていくことも多々ある。見せびらかされているみたいだ。

「バカ君、きみは取らぬ狸《たぬき》の皮算用という言葉を知ってるか？」

「殺さずに妄想《もうそう》で満足しようという動物愛護の精神を訴える標語だな」

紙パックの牛乳にストローを突き刺しながらバカがさえずる。小鳥もロクに止まらない木々の下で男と隣り合って座っている虚《むな》しさをだれに説こう。だれもそんな話に耳を傾けてはくれないだろうな、きっと。

ストローをくわえる前に、バカがその口で僕に問う。

「小説家になりたいんだろ？　いやなれる、お前は多分なれるぜ」

励ます調子ではなく本心から言い切るようなバカの保証に、僕は不審の目で応える。

「その根拠は？」

『ひょっとして』はこりごりだ。あの言葉に僕は十年以上縛られて、未《いま》だに夢に酔っている。小説家になるという夢に。現実をどうしても直視できないほどに酷い酔い方だ。

「あるけどさぁ。話しても多分、お前は信用しないぜ」

「……そういうのは根拠って呼ばないんじゃないか？」

「つーかお前、なんでそんな乗り気じゃないんだよ」

「色々あってね」

そんな不毛なやり取りを重ねることに飽きて、目前の大通りに目をやる。

「……っあ」

そこに、彼女がいた。咄嗟に瞳孔《どうこう》が収縮して痛む。彼女に視線を根こそぎ奪われる。

右側を堂々と一人で歩く彼女は左右に一切脇目《わきめ》を振らず、図書館の入り口に吸いこまれていく。扉を引いて中へ完全に消えるまでずっと、僕は彼女を目で追い続けていた。

「けっこう可愛《かわい》いよな、今のやつ」

バカも彼女を追いかけていたらしく首の角度がシンクロしていた。顔を見合わせる。

「んで、今の女の子はお前にとってはなんなのさ」

「なんなのって、別に。知り合いでもなんでもないよ」

「またまたご冗談を」身をこっちに乗り出してくる。その分だけ僕が引く。

「僕は時と場合によっては冗談が嫌いだ」

「だれでもそーだろ。なるほど知り合いじゃない、オーケィ。で、なんなんだ？」

「……興味津々《しんしん》の目つきで見るなよ。面白くないぞ、ほんと」

言って通じるか分からないが、言わなければ納得しないような顔なので口にした。

「『甲斐《かい》抄子《しょうこ》』だよ、さっきの」

僕にとって、いや全国の数万人以上には特別の意味があるその名前を呟く。

「甲斐抄子ね。……なるほどカイショーだなカイショー」

知ったかぶるようにバカが二度ほど頷く。それから牛乳をストローで啜った。

「知ってるのか？　構内の購買の文庫本コーナーにも名前があるんだぞ、あいつ」

先月で現役女子高生作家を卒業して『現役女子大生小説家』となった女、甲斐抄子。

シリーズ物の発行部数が十巻累計で九十万部以上。もう一つ同時並行で刊行しているシリーズが五巻累計で四十五万部以上の売れ行きを誇る。同大学、同学部にそいつがいるという事実が僕に与えた衝撃は筆舌に尽くしがたい。

恐らく尽くしたところで隣の同級生には理解できないだろう。

「まぁな。で、あいつがどうかしたか？　まさか惚《ほ》れてんの？」

食べてもいない卵サンドの白身を噴き出しそうだった。慌てて首を横に振る。

「冗談じゃない。むしろ敵だ」

「それ、惚れたに対するむしろになってんの？」

うるさいと手を振ってごまかす。だがバカは引かない。むしろ接近してくる。

「まさかお前、さっきのカイショーをライバルとか意識してる？」

傷口に塩を、節分の豆の勢いで投げつけるイメージ映像が僕の頭に浮かぶ。

「……あのな。甲斐抄子はプロ、僕はただの志望者だぞ」

何気なく小説家志望であることを公言してしまったが、バカはそこを気に留めない。

なにかに開眼《かいげん》したように輝く双眸《そうぼう》を見開き、唇が吊り上がる。

「だよなぁ」

「当然だよ、ははは」喉から心臓にかけてがスースーする。

「あいつを利用しないといけないんだから敵対してどーするって話だよなぁ」

「いや待てなんの話に飛躍してるんだ？　あんたの中だけで」

腕を組んだバカが不思議そうに首を傾げる。それは今の僕に相応《ふさわ》しい反応だろう。

「だから今のカイショーに取り入ってコネを作って作家デビューするんだよ」

「はぁ？」

「世の中はコネコネ社会だ！」

「それ確か、漫画家がよく使ってる言葉だろ」

ちゅぞぞぞとストローで牛乳を一気に吸い尽くしたバカが紙パックを握り潰す。

「あいつって小説家なんだろ？　しかも有名な」

「まぁ、そこそこ有名だな」

負け惜しみ込みで過小評価する。バカはそれに構わず作戦内容の説明を続けた。

……作戦って、あのなぁ。

「あいつなら出版社の編集者とのコネを作るぐらい簡単だろ？　ほーら道が開けてきた」

両腕を左右に広げてバカが力説する。僕はその無防備な首もとか胸もとのどっちに拳《こぶし》をめり込ませてやろうと薄ぼんやり考えていた。その無謀極まりない、勢いだけの作戦提案に頭の中身を吹っ飛ばされて空虚な心となりながら。

「なーに、ナンパだっつって最初は騙《だま》しながら取り入って親しくなった後で、実はね僕もねって話を上手いこと切り出せばいいんだよ」

自らの閃《ひらめ》きを得意げに語るバカに対して、僕はどう応えるのが賢明なんだ？

「それはすばらしい作戦だ。……スンバラシイ中で一つ気になったけど、僕って一人称に深い意図はあるのか？」

「深くはねーだろ、単にお前がナンパするってだけだ」

「その時点で詰みだボケ」

長々とムダに続いた作戦会議に赤信号を灯《とも》す。だがバカは怯《ひる》まない。楽天家なのか単なる考えなしのバカなのか、演技なのか。憶測を呼ぶほど道化的に、前向きに。

「ひょっとしたら、カイショーの視力が人様の顔の出来映えを区別できないレベルという奇跡があるかも知れない」

「カイショーさんはそんなお目々でどうやって小説を書いているんでしょうねぇ」

「お前、小説家になりたいんだろ？」

唐突にバカの口調が切り替わる。僕がたじろぐと、バカは乗り出していた身を引いて適切な距離を取る。サンドイッチの袋と牛乳パックを纏《まと》めて手の中で潰した。

「なんだよ、急にマジになって」

「デビューしなきゃなんにも始まらないとか思わないわけ？　いやいや思えよ、危機感抱いてさ」

自分に言い聞かせるようにそう喋り、その後にふふん、とバカが得意げに鼻を澄ます。直後、その鼻がフンと鳴った。

「あいつの本、オレも読んだことあるぜ。……嫌いなんだよ」

微妙に受け答えがずれていると思うのだが。ゴミ箱でも探しているのか左右に首を振るけど見当たらなかったらしい。ポケットにゴミをねじ込んでしまう。僕の。待てコラ。

「僕はけっこう好きなんだけどな、甲斐抄子。……あ、小説のことな」

それ故に嫉妬心を煽られるのだけど。ポケットからゴミを取り出して反対の感想を述べるとバカが一瞥《いちべつ》をくれた。手のひらをこっちに突きだしてゴミを返すなと牽制《けんせい》してくる。その防御の隙《すき》を縫ってバカの膝《ひざ》もとにゴミを放り投げた。見事載っかる。

「オレは今の女に一泡吹かせたい。だからお前に期待してるんだ」

バンバンと僕の肩を叩く。ついでにゴミを載せてくる。それをバカの顔面に全力で投げ返してから呆れた。自嘲《じちょう》も皮肉も内在した笑いが前歯の間から力なく漏れる。

「見る目ないな、あんた」

「さてどうだろう」

気取り、賢人が予見するような態度を見せつけてバカがベンチから立ち上がる。ムダだよ。そんな思わせぶりに僕を評価したところで未来はない。

あんたはいつかバカを見る。いや今も大学の中に見ているのか？

立ち上がったバカはゴミの玉を握りしめながら入り口の坂の方へ歩き出す。

「もう帰るのか？　講義は？」

「お前のアパートに戻ってナンパ作戦の第二展開を練っておく。吉報を待っているぞ」

「いやなんでアパートがあんたと僕のアジトみたいな扱いになってるんだよ」

抗議を無視してバカがふははと笑い、坂へ向かっていく。あいつ履修登録だけ済ませて講義は受けないつもりなのか。いやそれ以前にアパートに行ったところで、鍵も持っていないあいつが入れるわけ……あれ、かけたよな？　鍵、今日はちゃんとかけたよな？

部屋の外に出てからの行動を身振りで再現する。ガチャッ、キィー、バタン、スタスタだりー。……おい鍵。ガチャガチャが途中に抜けてる。どうだ、どうなんだ？

僕がパントマイムで遊んでいる間にバカは坂の下へ消えてしまう。ベンチに一人取り残されて、灰色に囲われた僕は中途半端に格好悪い手つきを引っこめることもできないまま、あーと息を吐く。吸う。なにも変わらなかった。深呼吸は無力で、ああ。こんちくしょう。

「知るか、もう」

バカの望むとおり将来のライバルに挨拶《あいさつ》してきてやろうじゃねぇか。

ひょっとすると小説家になれるかも知れませんものねぇ、えぇ？

正直なところ興味津々だった。そうでなければ、声をかけようなんていくら他人に押されても実行に踏み切るはずがない。現役小説家、それも同い年。好奇心に注ぐ燃料としてこれ以上のものはなかった。たとえそれが敵愾心《てきがいしん》を同時に煽るとしても。

図書館の入り口で学生証をカードリーダーに通す。図書館に来るのは初めてだから少し勝手に戸惑う。図書館に入ってすぐ左手には国際電話と今日の新聞が大量に置かれている。そっちを軽く覗いてみたけど甲斐抄子の姿はない。次の場所へ大またで向かう。

この図書館にも甲斐抄子の著作は揃《そろ》えてあるのかな。大学からプロ野球選手が生まれた、という大々的な記事が貼《は》られた壁の前を通過して一階を巡《まわ》る。一階は学生や教授の残した論文が中心に収められているらしい。それと大学に関連する資料ばかりで甲斐抄子どころか人気がほとんどない。机に突っ伏して眠る学生が散見されるぐらいだ。地下室の方は司書の許可が必要だと説明に書いてあったので後回しにして、中央の階段を上った。

階段を上るとすぐステンドグラスが正面に出迎える。その下にはソファが幾つか置いてあり、寝転ぶ学生の集団が目についた。『ここで寝ないでください』という注意書きなどだれ一人守らずに寝息を立て、或いは雑談に耽《ふけ》っている。そこには男子ばかりで女子はいないようだ。左右に分かれている道の分岐路で立ち止まって、小説が収められていると案内標識にあったことを確認してから左へ向かった。別に甲斐抄子が小説コーナーの棚にいるという根拠はないけれど、適当でも指針を作らないといつまでも今の場所から動けそうになかった。

ガードレールのように空間を舗装《ほそう》する本棚の間を抜けて進む。歩くごとに手に汗が滲むようだ。緊張が全身を包む。まるで本当に告白しに行くような心境の在り方で、しかもそれに慣れる時間が与えられないまま、二階にある個人の作業スペースの一角にその後ろ姿を発見してしまった。

卓上スタンドと一階へ通じる階段付近の照明を正面の窓から取りこんだ、いやに明るい場所。壁に切り込みを入れたような中途半端な台形の空間に収まる甲斐抄子は、椅子の前脚が持ち上がるほど後ろに傾けて座り、靴を脱いだ両足を壁に貼りつけるという姿勢で文庫本に目を落としていた。……行儀悪っ。著作内容から受け取って膨らませていた硬質なイメージとかけ離れた、甲斐抄子の振る舞いに啞然《あぜん》とする。シュ、と紙を捲る音。

あの十本の指が甲斐抄子の作品を生んできた。僕の指と取り替えても同じ小説を書けるのだろうか。そんなバカげたことを想像して気分を悪くしてしまう。

『祭』と印刷された水玉模様の手ぬぐいで結んで纏めてある長髪が、首の動きに合わせて揺れる。立ち止まってその動きを目で追う。けど、そんなことしている場合じゃない。甲斐抄子へと更に踏み出さなければ。……どうして？　甲斐抄子に絶対に話しかけなければいけない理由なんか、僕にあるのか？　興味はあっても強制じゃないはずだ。

間近に迫ると改めて腰が引けてしまう。自分の平凡な人生からすれば今から行おうとしていることは大それていすぎる。僕の人生に収まりきらない巨大すぎる蛮勇《ばんゆう》なのだ。

図書館の床、絨毯《じゅうたん》を音もなく踏み直す。甲斐抄子は背後にいる僕にまだ気づいていない。いや仮に気づいたところで、知り合いでもなんでもない僕には大した興味を示さないことだろう。今なら何事もなく引き返せる。そもそも甲斐抄子に話しかけて一体、なにが変わるというんだろう。僕の才能が劇的に底上げされることは絶対あり得ないだろうし、小説家に近づけるとはとても思えない。バカは本気でこの作戦が効果的だと信じているんだろうか。

そういう雰囲気でもないんだよな、あいつ。なんか人間的な匂いがしないというか。なにしろ全裸だから。しかも笑顔で草原でも駆けていそう。嫌だなぁおい。

立ち止まった足は一向に動こうとしない。逃げることもできないし、進むことも躊躇《ためら》っている。なぜか僕は、袋小路にいる甲斐抄子の目前で分岐路に立ち尽くしている気分に陥っていた。進むか引くか。小説を書き続けてきたことによる悪癖《あくへき》か、僕はこういった場面で劇的なものを過剰に感じてしまう。言ってしまえば運命の分岐点なんじゃないかと、妄想してしまうのだ。ここで甲斐抄子との距離を一歩詰めることで、僕の運命は大きく変わってしまうんじゃないかと。そんな気に独りで勝手になってしまうのだ。

ただ今回はそれが一層顕著に高まっているのを自覚していた。バカが全裸で居酒屋にやって来た際の予兆に似た波紋が、身体の内側から発せられているようだ。僕だけじゃない。他のなにかまで一緒に作用してこの場が生まれたような。そんな気がするのはお得意の誇大妄想なんだろうけど、それでも。なけなしの勇気ぐらいにはなりそうだった。

そして、先程のバカの言葉。

『デビューしなきゃなんにも始まらない』を胸に。

一歩、前へ。頭の隅っこから真っ白に染まり、丸裸になりつつある心を引っ提《さ》げて甲斐抄子のもとへ。その後頭部に大学生活の四年間を前借りするほどの気概を込めて、声を、かけた。

「すいません」

握りこぶしを携えて話しかけると、甲斐抄子の首だけが折れてこちらを向いた。口を噤《つぐ》んだまま僕をジッと見つめてくる。意思に彩られたような切れ長の瞳が僕の顎《あご》を中心に凝視してくる。その目が何かに気づいたようにハッと見開かれたことに些《さ》細《さい》な疑問を覚えながらも、震える舌で言葉を紡ぐ。ええと、このままナンパ、だったか？　できるかボケ。

「甲斐、抄子さんですよね。あの小説家の」

ちなみにこれが彼女の本名である。

自分が今、だらしない笑い顔になっていることを理解しながらも直しようがない。

「ええ。フルネームで呼ばれるのは嫌いですが」

「それは、すいません」あとがきではフルネームで書いて挨拶してるじゃないか。

甲斐抄子が手にしていた文庫本を勢いよく、両手で挟むように閉じる。嫌いと即座に言われて萎縮《いしゅく》してしまうが、甲斐抄子の方は構わず話し続ける。姿勢も同様だ。

「あなたは確か、居酒屋から全裸で帰った人」

「ちょっと待ったー」

あまり機嫌を損ねたくないのでどうしても控えめな発言となってしまう。この手の話は伝わるごとに誤解が混じるからな。末端まで伝達した頃《ころ》には、僕が全裸で大学に通っているという話にまで発展していても不思議じゃないな。ははは、と唇の端が震える。

「それでなんですか」

「ああはい、実はですね、」

「どんな企《たくら》みがあって私に近づいてきましたか？」

人が話を切り出す前に疑問を被《かぶ》せて、甲斐抄子が文庫本を開く。栞《しおり》も挟んでいないのに先程まで読んでいたページを正確に開いた甲斐抄子の視線が、訝《いぶか》しげなものに転じる。でも企み？　随分と物騒な表現だな。急に話しかけて警戒されているのだろうか。

「おわっ！」

甲斐抄子が、椅子にかける重心を誤ったのか後ろへ転びそうになる。咄嗟に椅子の背中を僕が支えて、距離が縮まる。甲斐抄子と僕の顔の縦軸が一直線となった。

垂直に見下ろす甲斐抄子はどこにでもいそうな大学生の容貌《ようぼう》でしかない。僅《わず》かに緊張が解ける。甲斐抄子の方は細めた目をまばたきも省くように固定して、僕を凝視する。

「私の背中を支えるという恩を得て、どうするつもりですか？」

「小説家になろうと」

「は？」

「あ、いや。ちょっと聞きたいことがあって」

「なんですか？」

なんだろう。つい口にしてしまったが、聞きたいこと。ちょっとどころか山ほどありそうだけど長々とした会話を許す雰囲気ではない。読書の邪魔をされて苛立っているのか甲斐抄子の素足が壁を小刻みに蹴っている。世間の読者がこの甲斐抄子を見かけたらどう感じるのだろう。幻滅か、それとも親近感でも湧《わ》くのかな。僕の中では絶対的だった距離感が少し揺らいで、だからこそこんな質問を口にすることにも抵抗がなくなっていた。

「作家になるにはさ、やっぱり才能がいるかな?」

「他に必要なものがあるとでも?」

甲斐抄子は文庫本を閉じるついでに僕をぶった切る。疑問形なのにどこまでも鋭い返事だ。それは甲斐抄子の著作全体にも通ずる力強さだった。見事に切られる。

透明な切れ目に沿って、ズルズルと上半身が垂れ下がっていくような鈍い衝撃。甲斐抄子は僕を試すように睨む。超然とした瞳の輝きが、恐ろしい。自分の感性を丸ごと否定されそうで今すぐにでも逃げ出したい。距離感の埋まりなんて、錯覚するのもおこがましかった。

「あなたまさか、努力と環境で適性を覆せると本気で思っているのですか?」

また文庫本を開く。癖《くせ》なのだろうか。癖になるほど、常に本を手にしているというのか。それはともかく、尋ねられた。この世の真理めいたものを。僕如《ごと》きが答えるには仰々しすぎる問いかけ。甲斐抄子自身は微塵《みじん》も肯定する気がないと伝わってくるだとしても。

唾《つば》を飲む。喉を張りつめさせて、言葉が腹の奥に逃げないようにしてから、答えた。

「それが不可能なら一生無理だ。だったら僕はそれを信じるしかない、だろ」

「諦めた方が賢明ですよ」

僕がなにをどう言おうとそう告げるために用意していました、そんな嚙《か》み合わない、僕を嚙みつぶす否定が間髪入れずに飛んでくる。側頭部を削《けず》られるような鋭い線が甲斐抄子の口から放たれるようだ。プロに断言されるというのは、思いの外に効果的らしい。

「仮に、です」

甲斐抄子が文庫本を閉じながら、意地の悪さを露《あら》わにするように表情を歪《ゆが》める。

「特別でない人間が特別な場所に行ったところで、埋もれるとは考えないのですか？」

容赦のない質問が凡人を的確に傷つける。疑問形で切り裂いてくるのが甲斐抄子の弁術なのか。目の縁が乾いて視界の収まりが不安定になる。ぼぅっと、甲斐抄子に合っていた焦点が滲んで涙でもこぼれるんじゃないかと不安になる。こんなことで泣かされてたまるかと目に力を込めると、連動するように甲斐抄子が首を引っこめた。

「睨んで怒ったんですか？　喧嘩《けんか》を売っても買いませんよ、しばらく遠慮しておきます。負けず嫌いだから負けるの怖くて戦うのもあんまり好きじゃないんです」

「いや、違うよ。そうじゃなくて、ただ、」

甘い言葉を期待していたわけじゃない。もう小学生じゃないし僕を導く立場にないのだからおだてる必要もない。才能がなければどうしようもないと考えている作家がいるという事実に、現実を垣間見《かいま》ただけだ。それが夢に酔っていた僕を醒《さ》ましかねなくて、怯えさせる。

「ま、がんばるのは自由ですから、私の意見でもなんでも好きに覆してください」

甲斐抄子の後ろに折れていた首が元通りになる。文庫本をパタパタと開閉する。

「質問は終わりですね。これ以上答えるの面倒だから帰ってください」

「……ありがとうございました」

椅子からそっと手を離す。僕の支えなんかなくても甲斐抄子は平気そうに姿勢を維持し続ける。よろめいて甲斐抄子から一歩離れると、今度は踵《かかと》が絨毯を踏む音が明確に耳に届いた。甲斐抄子がまだ文庫本のページを捲っていないからだろうか。

足の裏と図書館が地続きでぐらつく。あっという間に酔いそうだ。

甲斐抄子との運命の邂逅《かいこう》をするはずが結果として、ナンパどころか僕が難破船ばりに木《こ》っ端《ぱ》微塵にされただけだった。去る後ろ姿はきっと自意識過剰なバカ野郎そのものだろう。

　ちくしょう。

　これでアパートに帰ってバカがいたら、バカ二人になるじゃねえか。

「ちょっと待って」

　文庫本を閉じる音と共に甲斐抄子が僕を呼び止める。振り返る。甲斐抄子はまた壁に足をかける姿勢を取って、椅子と自分をロッキングチェアのように揺らしながら言った。

　僕を救う言葉を一瞬だけ期待してしまったことは否定しない。

「あそこまで格好着けた台詞を覆されると私の立場がないし腹も立つのでやっぱりがんばらないでいただけますか」

　しかし甲斐抄子は自分を救おうとするだけだった。

「……取《あ》り敢えず、嫌って言っておきます」

　舌打ちされた。二回、三回と重ねてきた。最後は中指立ててきた。

「………………………………」

　媚《こ》びない佇《たたず》まい、揺るがぬ瞳、断固とした物言い。そして卑屈なほど保守的な発言。

　これが、常に毅然とした口調と態度の変人、『甲斐抄子』との対面だった。

意気消沈しつつアパートに帰るとバカがゲームに熱中していた。そして数分後、鞄を放りだして隣に座った僕もそのゲームに参加している。某国民的を謳《うた》うゴルフゲームでの勝負が繰り広げられていた。……どうやら今日も防犯意識が希薄だったようだ。

僕らは印税ウッハウハ作戦について触れず、しばらくの間は無言で指を動かしていた。据え置きのゲーム機の稼働《かどう》する音と、ボタンを押す音が室内に飽和《ほうわ》する。

「なぁ」

バンカーに突っこんで目玉となったボールを打ちながらバカが話しかけてくる。

「なに？」

「この世で一番努力をする人ってさ、一番才能があるのか、それともないのかどっちなんだろうな。お前どう思う？」

バカは極小のテレビ画面を見つめたまま唇だけを動かす。その横顔を一瞥してから僕もテレビに注目する。丁度《ちょうど》、僕の番だった。二打目も全力でかっ飛ばす。

「あー……」

「やっぱ質問を変える。どっちの方が意味あると思う？」

「それなら才能のある方だろ」

「そうか？　才能あるなら努力する意味ないじゃん」

「あー……」

水切りに失敗して池ポチャした。バンカーから出るのに二打使ったバカと互角になる。

「そういうこと考えてたのか？」

「まぁ昔からな。才能あるやつを見かけたりしてきて、オレも偶《たま》には哲学しちゃうわけ。そういうときは決まってゲームとか、どうでもいいことしてるんだよなぁ」

バカが四打目を放つ。グリーンに乗った。それから「これで負けたやつが昼飯と晩飯奢《おご》りな」と今更に言い出す。僕はそもそもなんでお前と飯を一緒に食わなければいけないんだと疑問に苛《さいな》まれながら、聞かなかったことにして同じく四打目を打つ。あ、ミスった。

「そういえばお前って、今はどんな話書いてんの？」

人のミスショットを笑いつつバカが尋ねてくる。膝を叩きながら答えた。

「それをあんたに話す必要はないね」

死んだ人間が幽霊となり、三人のルームメイトから、自分を殺害した犯人を選ぶという話だ。選んだ人間をあの世に連れて行ける、というルールでその中には恋人も含まれている。犯人当てに正解する必要は一切なく、『だれを連れて逝《い》きたいか』という話……になる予定。そんな話を書いているのだけど難航している。苦手なジャンルだからだ。

じゃあ書くなよって話だけど、デビューしたいからなぁ。色々試さないと。

「まぁいいや。それじゃあお前さ、狙《ねら》って毎年応募してる賞とかある？」

「あ？　特にない。目につく賞は大半応募してる」

こちらの質問には口がさらっと答えてしまう。なんでだろう。バカが好き勝手に友達を自称するような人間だからだろうか。親しみやすさ、のようなものがあるのかも知れない。

「へぇ、内容はともかく生産力はあるんだな」

「余計な『は』を二つもプレゼントしてくれてありがとう」

コース上の木を掠《かす》めてグリーンに届かなかったボールを更に打つ。お、ピン直撃。

「書きたいことがたくさんあるんだ。物語にしたいことが山ほど思いつくんだ。それを形にしようとすれば自然と量が書ける」

「おーすげーねー。スランプの作家が聞いたらお前の首を絞めそうだ」

「でも、どれを形にしても最初に思い描いていたほどの出来にはならないんだよな」

想像に技術が追いついていない。夢だけが独り歩きして現実を顧みていないんだ。

バカはその話をどう思ったのか、「ふぅん」とだけ短く反応を見せた。

「んで、拘《こだわ》りがないならこの賞とかにも応募してみねーか？」

バカが薄っぺらい小説雑誌を投げてくる。僕の部屋に転がっていたやつではないからバカの私物だろうか。バカが開いて寄越《よこ》した雑誌を眺めると、カラフルなイラストの下に細かい応募要項が記載されていた。

「ライトノベルの新人賞か」

「お前の作品ってそっち向きだろ、冒険譚《たん》だし」

そうバカが口にしたことで、改めて勝手に読まれたことに腹が立つ。バカもその怒りを察したのか、益々《ますます》笑顔になって僕を懐柔する作戦に出たらしい。いや対処方法が間違っているから。

「別に冒険物ばかり書いてるわけじゃないけど……うーん、あんまりライトノベルの方には出したことないし。そう読んだこともないからなぁ。ライトノベルってあれだ、編集者にもっと可愛い女の子出せとか、ちょっと売れると続編書けってせっつかれるとかそんな印象しかないよ」

「実際そんな感じじゃねーの？　でもいいじゃん、それで売れるならよー」

締め切りは……十二月か。一次選考通過者の名前がずらずらと載っている。

「その印象の真偽を確かめたいなら、試しに一回ぐらい出してみればいいだろ」

一回ぐらいという言い方が若干気にかかったが、その疑問を流して別の部分に着目する。

「ふぅん……ここを勧める理由でもなにかあるのか？」

「別に。なんにもねぇよ」

早口でいかにもありそうだった。僕の視線と追及から逃れるためか、バカが咳払《せきばら》いを挟んで話題を変える。

「よし、そろそろ報告せよ」

「なにを？」

バカがあっさりとパットに成功して勝利を確定させる。「やったぜぃ」と空虚に喜ぶバカ。次のホールを読み込むために画面が停止した。

「カイショーのナンパには成功したか？　ってことに決まってるだろ」

「していたらまずあんたを外に蹴り出して、部屋の掃除でも始めてるよ」

「だよなぁ」

ローディング中、バカがムダに○ボタンを連打する。僕も倣って連打した。

「脈ぐらいはありそうだったか？」

「ベコベコにへこまされて手首の脈が止まりそうになった。作家になるのは諦めた方がいいってさ」

「おーい、違うだろ。もう目的明かすんじゃなくて、最初は愛の言葉だよ」

「そっちだとへこまされるんじゃなくて訴えられそうな気配だったから」

むぅ、とバカが唸《うな》る。それから顎に手を添えて、親指の腹で頬を撫でる。

「お前の作品も読んでないのに諦めろってか。カイショーの癖に生意気だぞ」

歌の下手《へた》なガキ大将かお前は。大体、カイショーはここにいねーっつーの。

「でも小説家が同じ大学にいるのって興奮するよな。落ち着かなくなるっていうか」

僕がそう言うと、バカは「なにが？」と下らなそうに眉《まゆ》を吊り上げる。

「別に住んでる同じ星にはいっぱい小説家がいるだろーが」

「規模でけーよ」

「もしかしたらそこらにも小説家が浮かんでるかもしれねーぜ」

と、バカが天井や宙を指差す。指揮棒のように振るったその指をバカバカしいと一笑に付す。小説家は微生物かよ。

「ゴーストライターって言葉もあるくらいだしな。大学の坂の隣にでっかい霊園があるし、幽霊ぐらいならいそうだろ」

「意味全然違うから。それより、あんた考案のウッハウハ作戦は早くも頓挫《とんざ》したな」

「いやぁまだまだこれから……っつーかな。そんな作戦なんかよりもっと壮大なものが、オレとお前が出会った瞬間から始まってるんだよ。そんな気がしてならない」

「……全裸のあんたと会うことが？」

その問いかけにバカは口を塞《ふさ》ぎ、曖昧《あいまい》に笑う。お楽しみだ、と焦《じ》らすように。

直後は、すぐに普段通りのバカに戻ったが。

「まぁつまるところオレを信じろというわけだ」と胸を張る。

「それができたら苦労しない」

だよなぁ、とバカが再び頷く。そしてコントローラーを放り投げた後に大の字に倒れたバカが先程と似通った、けれど微妙に内容を変えた発言を天井に向けて発する。

「オレと出会ったことを信じろ。そうすりゃなんとかなる」

全裸で居酒屋にやってきたバカを信用しろと？　おめでてーな。

「……根拠は？」

「ねーよ。この根拠星人め」

バカが僕を嘲笑《あざわら》う。悪かったな、とぼやいて頭皮に爪を立てた。

『ひょっとして』に人生の大事な時間を捧《ささ》げた僕は、人の言葉にどこまでも懐疑的なのだ。


翌日に甲斐抄子に手招きされたので及び腰で近寄ったらハンカチ代わりにされた。

……さて過程でも語ろうか。

アパートではあの後、日付が変わるまでバカが居座って酒盛りしていた。チーズを肴《さかな》にして僕はお酌の係となって。バカだけが酒をどんどん取り入れて盛り上がっていた。

馴染《なじ》みすぎだぞテメー、と思いながら付き合う僕もどうかしているが。

『喜べ、甲斐抄子に取り入る作戦の失敗に気づいたぞ！』

『悪かったな、女に好かれる顔じゃなくて。それと服を着ろ。酒が入ると脱ぐ癖でもあるのか？』

『バカかお前、先走ってんじゃねえよ』

『あんたにバカ呼ばわりされると本物認定みたいで悲しい』

『まー聞け！　いいか、今日のお前には手土産《てみやげ》が足りなかった！　やっぱ女は物欲の塊だからな、物に弱い！　手ぶらで話なんかロクに聞いてくれねーよ！』

『なんか女に嫌な思い出でもあるのか？』

『いきなり裸になったらキャーって叫ばれた』

『それは女の方の嫌な思い出だろうが』

『つーかお前も飲めよ』

『酔うと悪い癖が出るからな、遠慮しておくよ』

などと話し合い以下の時間を過ごした翌朝、入学祝いに配られた饅頭《まんじゅう》の残り三つを臙脂色《えんじいろ》の箱に入れたまま脇に抱えて長い坂を上る僕がいた。……おはよう、バカでーす。

鞄には小説の書きこまれたノートとパソコンから打ちだした原稿の束、それとバカから貰った小説雑誌が突っ込んであって重苦しい。一次選考の通過が限界の原稿の束を五つも六つも詰めているせいで鞄は膨れあがり、一歩上がる度に肩に紐《ひも》が食い込んでくる。甲斐抄子と再び話そうっていうんだから、今度はこれくらい準備していこうと話し合いの中で決めたのだ。バカの酒があまり回っていない間に。

甲斐抄子に拘る理由なんか僕にはない。だけど甲斐抄子しか知り合える小説家は側にいない。しかも新人賞に応募する下手な鉄砲作戦よりは現実的、な気もした。バカに説得され続けて僕も段々その気になっているみたいだ。いつの間にかバカのペースに巻きこまれている自分をバカだとなじりながら、しかし坂道を上る足は止まらない。しかも上っている間は現状を悩むこともなく、なんか色々と下らないことを考えたりしていた。

　バカはまだ僕のアパートで寝ている。今日はちゃんと鍵をかけてきた。でもバカが起きて家に帰るとしたら戸締まりのしようがないから、結局、僕の帰る頃にはまた鍵が開けっ放しとなっているかも知れない。本当に現代人なのか僕は。江戸時代あたりの長屋住まいじゃねえんだから。

　長い坂を乗り越えて緩やかな平地を歩いていると、坂の下にあるコンビニで購入したであろうハッシュドポテトを囓っている甲斐抄子が、保健室とＡＴＭの前にある段差に一人で腰かけていた。発見したとき、心臓と足の裏が同時に飛び上がった。

　左側の独りぼっち道を歩いている僕は丁度、そいつの目の前を通ることになる。齧《げっ》歯《し》類《るい》のようにハッシュドポテトを細かく噛み砕く甲斐抄子は僕にすぐ気づいて、しかも手招きしてきた。心臓が更に上へとずれ込む。内臓を守る骨にぶつかりそうだった。一応、背後を向いて僕以外のだれかを誘っているのではと確認する。講義の始まる前だから大勢いた。山ほどいる。僕じゃない可能性が急激に高まった。前に向き直る。甲斐抄子が中指を立てていた。どうやら僕のようだ。マジッスか。まさか僕を一目見た瞬間、電流が頭に走るように天啓に打たれて、小説家としてスカウト……とバカを笑っていられない楽天的な想像で頭が埋め尽くされる。いやでも、期待してしまうだろ。無理ないだろ？

恐る恐る、そして期待を胸に甲斐抄子のもとへ寄る。僕が近寄ってくるのを確かめてからなぜか甲斐抄子は、ハッシュドポテトの残りを大急ぎで食べ始める。その行動の意図が何一つ掴めないまま僕は、甲斐抄子の目の前に立つ。甲斐抄子は黙々とポテトを咀嚼《そしゃく》して呑みこむ。で、食べ終えるのをジッと待って。

食べ終わった甲斐抄子は無言で僕の服の端を摑み、引き寄せる。そして油で汚れた手を人の服で丹念に拭《ふ》いたというわけだ。以上、回想お終《しま》い。

なにが『というわけ』だ。

しかも甲斐抄子はそのまま無言でスタコラ立ち去ろうとする。ゴミ箱でも探しているように首が左右にキョロキョロと落ち着かない。そんなことより後ろを向けよテメー。

「ちょっと、あの、甲斐抄子さん」

「フルネームで呼ばれるの嫌いです」

大またで歩く甲斐抄子は振り向かない。中央の道路を横断して案内標識の側にあるゴミ箱に向かっていく。僕は数歩後ろに距離を取って追いかける。

「甲斐さん」

「ワードで変換したら海産が一発で現れそうな呼び方も気に食わないません」

テメェ本当に小説家かと言いたくなる謎の言い回しで否定してくる。

「どう呼べと」

「呼ばなくていいのでは？」

燃えるゴミと書かれた箱にポテトの入っていた油べったりの袋を放る。パンパンと手のひらを払った甲斐抄子は僕に一瞥もくれないで図書館の方へ歩き出す。

無視しているというより本当に気にも留めていないみたいだ。僕はその関心のなさを芸術家肌と称するのかな、なんて納得するはずがない。あくまでも追いかける。服をハンカチ代わりにされて少し腹が立っていたから意地もあった。

「待った。えぇと彼女、じゃなくてきみに話があって」

「昨日したじゃないですか」

「別に今日もしていいじゃないか」

開いていた距離を一歩分詰めながら反論する。と、甲斐抄子がようやくにして突然振り返った。足を止めて僕をマジマジと見つめてくる。独特の距離と空気で見つめあう僕と甲斐抄子に、側を通り抜けていく学生たちが奇異な視線を寄越してくる。

僕たちはその注目に対して応えず、お互いの全体像を観察し合うように目が動く。

そして、甲斐抄子が無表情のまま口を開いた。

「ひょっとしてあなた、ナンパのつもりですか？」

「あれっ？」

「あれとは？」

「いや、」ウッハウハ作戦の骨子に相手から触れてくれたから面食らって。ここで『うんそう』と頷けばバカの作戦通りに事が始まるのか？……えぇ、言うのぉ？

「そういう気分がないことを否定はしたくないと思う気持ちに嘘《うそ》はないと信じる、かな」

締めにはは、とか爽やかに笑って頬を掻いてみる。

「あなたやっぱり小説家の才能ないですよ」

「うっせぇやい」

一番傷つく返し方を適切に選んできやがる。流石《さすが》は甲斐抄子。小説の内容通りに性格悪そうだ。こいつの著作は人を騙すか騙されるような主人公しか出番がないのだ。

「それとその箱にお饅頭と書いてあるのはどういう意味でしょう？」

腰を捻《ひね》って僕の小脇に抱えた箱を凝視してくる。僕を見つめるよりご執心に。僕はその箱を丁度いいと甲斐抄子に差し出した。受け取る。いや早いから。なんの説明もしていないのに自分のものとばかりにガシッと掴んで胸もとに引き寄せた。遠慮がないやつランキングの一位に輝いていたバカをいきなり蹴落とすやつが現れるとは。

甲斐抄子が用は終わったとばかりにさっさと歩き始める。もう追いたくねーと嘆きながらそれでも追った。早足で甲斐抄子の前に回りこむ。このまま後ろにくっついているだけでは手土産作戦も暗礁に乗りそうだったから。

「うわっ、ビックリさせないでください」

取り敢えず帰ったらバカを作戦参謀から左遷《させん》させるとしてだ。追い抜いて立ち塞がる僕に対し、甲斐抄子がわざとらしく大げさに仰《の》け反る。それと箱を警戒するように抱える。取らねーよ。

「なににビックリ？」

「顔」

「定番過ぎて怒る気にもなれない。それで、こう、話をしませんか」

「それは先程聞きましたが」

「いやだからどうですかしましょうよって話」

「話がどんどん増えていきますね。言っておきますが私は三つぐらいしか同時に物事を考えられませんので、徒《いたずら》に話題を増やさないでください」

三つでもすげーよ。というか埒《らち》があかない。仕方なく手土産作戦を簡略化した。

「饅頭あげたんだから、一個につき一分は話を聞いてくれ」

随分と直接的に交渉する。これもナンパの一環と広義的には捉えられるだろう、恐らく。

ぱこっと箱を開く。饅頭の数を指で数える。そして甲斐抄子が頷いた。よしっ。

「三分間だけ待ってやる」

「え、それが言いたかっただけ？」

「お饅頭で小説家を釣るとはあなたも器用な方ですね」

「……入れ食い状態だったじゃねぇか」

甲斐抄子が図書館の方角から向き直る。昨日、バカと一緒に座っていたベンチまで引き返して、二人で腰かける。一人分空けてはいるけど、『あの』甲斐抄子と座っているという感覚が僕に現実離れを引き起こさせる。これで同姓同名の偽者なうえに著者近影の顔とそっくりさんだったらどうしてくれよう。

甲斐抄子は嬉々《きき》として箱を開き、こしあん饅頭の一個目を半分ほど囓る。

「凄くもちもちして美味しいですね、この粉のかかっていない大福」

「あの、それ……高級大福ですから」

饅頭って箱に書いてあっただろうが。自分で読み上げておいて忘れているのか、こいつ。

チーズ饅頭とでもごまかした方が後腐れなかったかな。保存が悪くて少々粘っこい饅頭を甲斐抄子が嬉しそうに頬張る。あれ、そういえば入学祝いに配られたこの饅頭を知らないってことはこいつ入学式に参加してないのか。その割にコンパには参加していたが。

「……………………」

その横顔に特別なものはない。性格はまぁ、多少の変人の部類なんだろうけど特殊すぎるわけでもなくて。見るからに独特って特徴はないんだ。甲斐抄子は見た目、普通なのだ。

なのに僕との間にある雲泥の差は一体どういうことなんだろう。

『なに』が僕と甲斐抄子の差異を生んでいるのか。話してみて観察してみて、著作にも全作目を通しているのに皆目見当がつかないのであった。

「それでお話とは？　まさかお饅頭の味の感想を聞きたいわけじゃないでしょう？」

いやそれも興味あるけど。腐る寸前（だと思うよ）の饅頭を二つ放りこんでもごもごと頬を変形させている甲斐抄子に、まずは世間話の類《たぐい》から振ってみる。

甲斐抄子との明確な差がどこに起因しているのか、僕は知りたい。

「ご兄妹《きょうだい》とかはいらっしゃるんですか？」

インタビュアーのような切り出し方になってしまった。

「両親は平凡で、作家業と一切無縁です。兄妹もいません。家庭環境が私の作家活動に対するなにかを左右していることはまずないでしょう」

聞いてもいない部分まで語ってくれる。ついでに饅頭を呑みこむ。二個の饅頭を同時に呑みこんでも平然とした顔だった。唾液《だえき》の分泌《ぶんぴ》量でも多いのだろうか。

「唯一変なのとして親戚《しんせき》のおにいちゃんに殺し屋さんを自称する危ないのならいますが」

「それで単なる無職だったら本当に危ない人だな」

あと、その澄まし顔でおにいちゃんとか。不釣り合いなことこの上ない。

「話は終わりですか？」

「まだ二分以上ある。次に……そうだな、大学はどうですか、好印象ですか？」

他に聞くことあるだろうに。しかしそれが咄嗟に思い浮かばなかったのだ。

「憧れている方の出身校だというので期待していたのですが、今のところはお饅頭が美味しいだけです」

ふぅ、と甲斐抄子が肩を落とす。ついでに三個目の饅頭を手に取った。

「憧れている人？　きみにもそんなのがいるんだ」

「掃いて捨てるほどいます」

それ絶対憧れてないだろ。饅頭をむぐむぐと噛みながら甲斐抄子が首を傾げる。

「お話は終わりましたか？」

「一問一答が終わる度に聞かないでくれよ、居づらくなる」

「あなたの質問がつまらないのでつい」

「……悪かったな」

甲斐抄子が最後の饅頭を呑みこむ。それから名残《なご》惜《り》しそうに箱を閉じる。

「楽しい話はきみが饅頭を食べ終えるまで取っておいたんだ」とうそぶく。

「ではどうぞ。三分間が埋められるような話題だと面倒なので困りますが」

促しているのやら拒否しているのやら。

好きですを八十五度ほど遠回りに迂回《うかい》させた願いを甲斐抄子にぶつける。

「きみの弟子にしてくれないか」

僕の要求に、甲斐抄子の動きが止まった。左肩を微妙に引きつらせて。

出会ってからもっとも過敏な反応を示してくれたのではないだろうか。

「それはお話ではありません。つまりなんだかんだで私を騙す気ですね」

「飛躍しすぎ」

「流石の私もそう思いました」

甲斐抄子が饅頭の箱を開く。当然だが中は空だ。その空箱を見据えながら唇が動く。

「弟子ですか」

「師匠と呼ばせてください」

「嫌です。甲斐様と呼んでみてください」

「……弟子入りの条件？　審査？」

「いいから」

「甲斐様」

甲斐抄子の目が泳ぐ。吟味するように腕を組んで唸る。なんだこいつと思う。最後は僕の心情描写だけど。

「抄子様と呼びなさい」

命令形になった。同年代を様付けで敬うのはこれが初めてだ。

「抄子様」

「どっちも語感が気に入りません」

ご不満みたいだぞ。しかもこっちは呼び損だ。甲斐抄子が饅頭の箱を乱暴に閉じてから横目で僕を見る。嘲笑めいた、冷ややかな視線で。

「大体、弟子と言っても私からなにを教わるつもりですか？　文法や語法なら国語の先生か電子辞書を師と仰いだ方がよっぽど効果的かと思いますが」

「そりゃそうだけど」

前屈《まえかが》みとなって足に頬杖を突く。指で口もとを隠しながら、もごもごと呟く。

「添削《てんさく》っていうか、僕の小説を読んでダメ出しとかしてくれればなぁ……って」

そして次第に信頼関係を築いてコネで出版社へ……というのがバカの夢想作戦。

「弟子が大した成果を出せないと決まっているので師匠である私まで低く評価されるのが嫌です」

「師匠の仕事、完全放棄ッスね」

「それに私に弟子入りしたところで賞は貰えないと思いますが。なにしろ、拾い上げです」

皮肉げに甲斐抄子が自嘲する。どうもデビュー前、最終選考で落選したことを今でも恨んでいるらしい。それは小説のあとがきで堂々と愚痴っていたから既知ではある。

「私もまだ弟子の身ですから大きいことは言いたくても言えません」

「……きみの師匠？　そんなのいたのか」

「腐るほどいます」

腐臭のする師匠を持つとは大変そうだな。甲斐抄子が僕と同じく前屈みで頬杖を突く姿勢になる。空になった饅頭の箱をなぜか大事そうに抱えながら。

「あなたの投稿歴は？」

坂の下を見やるような遠い目のまま、甲斐抄子が面接でもするように尋ねてきた。

僕は指折り数える仕草を混ぜながら大学の集団面接を受けた日のような気分で返答する。

「高校一年生から出してる。今年で四年目になるのか」

「四年か」と甲斐抄子がぼやく。それが正否どちらの意味合いなのかを探らせない声色で。

甲斐抄子の中指が左のこめかみをとんとんと叩く。

「一年に何作出してきたんですか？」

「平均すると、五作ぐらい。高校の勉強もあったし」

五作、五作と甲斐抄子が口の中でもごもごと繰り返す。飴玉を舐めるように。

「主にどのような傾向の作品を書くのですか？」

「島を冒険する話、が応募しだしたときは多かったかな。最近はそうでもないけど」

「何次選考まで残ったことがありますか？」

「一次選考をちょろっと」

甲斐抄子の目が剝《む》く。これは明らかにマイナスの表現だと分かった。

質問が終わったのか、甲斐抄子は無言となる。睨むように坂から来る学生たちを目で追って唇は真一文字。手持ちぶさたなのか饅頭の箱を開け閉めして、最後は溜息。

ナンパと弟子入り志願の両方を同時に断られる空気をひしひしと感じて、講義がとうに始まっている時間であることを気に病みながら、僕はジッと甲斐抄子の返事を待った。

そして裁断が下る。

「……いいですよ、弟子入り」

「えっ、本当に？」

甲斐抄子へと身を乗り出す。現役小説家の手ほどきを受けられるなんて、夢のような話じゃないか。なにを学べばいいかは正直分からんけどとにかく心強い。

そういった支えや後ろ盾があれば、僕の作品もきっと良い方向に導かれていくのではないか。

そんな夢想でこちらの胸が温まりかけるのを見越してか、甲斐抄子が人指し指を立てる。

「正確に言えば協力しても構いませんが、一つ条件があります」

「どんな呼び方をしろって？　それとも饅頭催促か？」

冗談めかした物言いに甲斐抄子は釣られない。双眸が僕を捉え、そして鋭い声が射抜く。

「次の投稿作品でデビューに至らなかったら、あなたは小説家を志すのを諦めなさい」

「……は？」

甲斐抄子が惚《ほう》けた僕の鼻をデコピンで弾いた。痛烈に右の鼻が痛む。悪びれない甲斐抄子は、鼻を押さえる僕を更に押し潰すように言葉を続ける。

「それだけ送って編集者の目に留まるような作品を一つも書けないなら、もう無理です。あなたには世に出るための才能がこれっぽっちもない。それなら夢を見ないで就職活動に力を注いだ方が賢明でしょう」

まるで僕の保護者か両親のような物言いで、可能性を全否定してくる。

僕はそれになにも言い返すことができず、昨日同様に心をぺしゃんこにされていく。

「夢はアスファルトではありません、単なる紙です。破れないものなどない」

そう言いながら饅頭の箱を開き、上蓋《うわぶた》を指で突き破る。綺麗に風穴を開けた。

「独学で何年やっても芽が出ていないから私を頼るんでしょう？　しかしそれでも自分の才能を、小説家たる資格の保有をどこかで信じている。典型的な作家志望の心情ですね」

指を通したまま上蓋を扇風機の羽根のように回転させる。それが遮りとなって甲斐抄子の表情は窺《うかが》えない。けど僕の顔も隠されているのは都合がいいのかも知れない。

「昨日も言いましたが、環境を整えても才能の代わりとなることはあり得ません。そんなもので全てが覆せるのなら、小説家や作家志望がみんな『寸分違《たが》わず同じ話』に行き着くことができるはずじゃないですか」

甲斐抄子が憤る。なにを怒っているのか、とこちらの動揺を制してそう思わせてしまうほどの勢いで。まるで自分を含めた世界全体に憤怒《ふんぬ》の息をはき出すようだった。

現役作家とそれ未満。甲斐抄子と僕が箱に開いた小さな穴を通して視線の火花を散らす。

「……才能の有無を否定する気はないよ。きっと、僕ときみの間にある見えないものがそう呼ばれるんだろうから。でも昨日も言ったけど、僕は環境と努力を信じるしかないんだよ。合わさってインチキ臭い化学変化が起きて、副作用込みで成功するなんてバカみたいな夢に、凡人は縋《すが》るしかないんだ」

甲斐抄子が高速で回転させている箱の角に指を添えて減速させる。そして角に指の腹を引っかけて、逆に回転させた。弟子入りの話が一転、口喧嘩に移行しつつある。

真剣、まだギリギリ十代しゃべり場が大学の片隅で小規模に火ぶたを切る。

「認めましたね？　今、自分に才能ないと認めましたね？　それで小説を書き続けようってあなた鈍感なんですか？　それで小説家になりたいってあなたバカですか？　その理解力の乏しさと夢見がちな部分を称《たた》える歌を作詞してあげましょうか？」

「じゃあ聞こう、きみが作家になるまでの投稿歴は？」

「一年と半年です。あなたの約半分ですね、しかもこれは投稿した後の選考期間を含めていますから実際は一年の時点で達成していたと捉えてもいいでしょう。最後の選考は漏れましたがね！」

「じゃあ僕の才能が二倍になればきみみたいになれるわけか？　おいおい甲斐抄子、

案外大したことないんじゃないか？　僕がどれだけ底辺だと思ってるんだ」

「生憎《あいにく》ですがあなたは底辺どころかゼロです。乗数で計算してもゼロなのだからそんな数式は成立しません。大体、人生は足し算ですよ。そんな掛け算で楽しようとするから昨今の若者はなんて老人たちがつけあがるんです」

「僕の作品を読んでいないのによくゼロと分かるな。きみ、小説家よりエスパーの方が適性あるんじゃないか？　うわーすげぇエスパーと邂逅した。サインくれ」

「じゃあ読ませなさい。ただし読ませたら多分あなた死にますよ。小説家志望の自分が死ぬことを覚悟しなさい」

「おー読むがいいさ、殺してみろ」

鞄を開けて原稿の束を押しつける。なぜか饅頭の箱にむりやり押し込んでしまった。

「それと聞きますがね」

「おう聞いてくれや」

「あなた、どうして小説家になろうと思ったんですか？　その動機の拠《よ》り所は？」

ないでしょうそんなもの、とばかりに甲斐抄子が僕の顔を覗きこむ。それに対して、小学生のときにたった一言おだてられただけなんです、なんて言えば絶対にバカと思われるだろうと確信して口を噤みかけた。だけど黙っていれば甲斐抄子の言い分を全面的に認めたことになるのだ。自分の原点を根こそぎ潰されて、それでも無抵抗でいいのか？

……いいはずがない。スタート地点が奪われたらゴールも失われるに決まっている。どれだけ滑稽《こっけい》でも始めてしまったのなら、そこを守らないといけない。たとえバカでもなんでも。羞恥心《しゅうちしん》という服の奥に隠された、裸の心だけは。

「ひょっとすると、僕は天才かも知れないんだってさ。小学校の先生が言ってた」

投げやりな口調を装《よそお》ってそう言い返すと、甲斐抄子は一拍置いた後に鼻で笑った。

「それなら私に頼らなくても立派な小説家になれると思いますよ」

そう言い捨てて、甲斐抄子がベンチを立つ。饅頭の箱を小脇に抱えて、図書館の方へ歩いていく。三分はまだ経っていないけど引き留める気にはなれなくて見送った。

重力がベンチと落葉樹だけを重々しくして、僕をこの場に縛り付けているようだった。

足腰が動かなくて気力が地面にこぼれ落ち、カラカラに乾いた僕の抜け殻が笑う。

「会う度にベッコベコにされるなぁ……芯が」

打ちのめされた心を支えるのが億劫でベンチに寝転がる。

バカにそそのかされて、甲斐抄子に打ち砕かれる。

二日の間に二度もこの流れに身を投じて意志を微塵にされるなんて。

「……ははっ」

これじゃあ、まるで。

アパートに住み着いたバカが夢の象徴で。

大学の図書館に通う甲斐抄子が、どうしようもない現実を担《にな》っているみたいだ。

太陽が眩しくなってきたので目をつむる。

このまま眠ったら現実を忘れるほどのいい夢を、見られるだろうか。


「なんだ、カイショーにぶん殴られて気絶でもしてんのか？」

失礼極まりない想像が僕を眠りから呼び覚ます。深い眠りでもなかったのか抵抗なく瞼は開く。残念なことに夢は見られなかったみたいだ。

ベンチを手のひらで押すようにして身体を起こすと、バカが顔を覗きこんでいた。

「よかった、服を着ている」

「そういうのは内心、地の文で語れっての」

バカが歯を擦《こす》るように笑ってベンチの隣に腰かける。相も変わらず人の服を勝手に着ていることに気づいたが、もう指摘することも面倒くさくなってきていた。大体、指摘しても直らないと思う。いや直せないが正解か。バカはそういうやつなのだ。

「アパート近いんだから、ベンチで横にならんでも帰って寝ればいいじゃねぇか」

「眠いから寝転んでたわけじゃないよ」

「頬にベンチの跡くっつけてなに言ってんだオメー」

指摘されて指で頬を撫でる。ふむ、口端から垂らした涎《よだれ》も乾いているようだ。

「で、手ぶらなところを見るに、手土産作戦は成功したようだな」

僕の手もとを前屈みで確かめながらバカがニッと唇を吊り上げる。

「成功、っていうか。腐りかけの饅頭を食べさせることはできたけど」

「大成功だ」

くっくっ、とバカが心底愉快そうに破顔する。嫌みなものは感じさせない。それが人付き合いの秘訣《ひけつ》だろうか。とは言ってもバカが、大学内で僕以外のだれかと話す姿を見たことはないんだけど。……そもそも、大学にほとんど来てないか。

「お、そういえば坂を上ってくる間に考えてたことがあるんだ、聞いてくれ」

バカが嬉しそうに両腕を広げる。手に持っていた宝物でも見せびらかすような仕草だ。

「なんだよ、新しい作戦か？」

「いや。のりおくん、って子がまぁいたとするだろ」

「うん」

「そいつが親戚あたりにのりちゃんとか呼ばれるわけだ」

「あぁ？」

「でもそれが今のオレにはロリちゃんって聞こえる気がしてさ。邪《よこしま》な大人になっちまったなぁって……へへっ」

僕はその場から立ち去った。講義もそろそろこまめに出席していかないとな。

「おい待て。感想ぐらい言っていけよ」

「坂の途中の霊園にでも埋まってろ！」

「おいおい、あんまり大声出すと危ないやつに思われるぜ。特にさぁ、」

「分かってる、言うな。……で、ほんとにそれだけか？」

ベンチの側で立ち止まったままバカに振り返る。バカはニヤニヤしていた。まぁ大《たい》抵《てい》どこか楽しそうに笑っている。泣いていたのは最初に居酒屋で出会ったときぐらいだ。

「お前、カイショーにまた負けたのか？」

「名勝負を演じた」

うそぶく。しかしそれはミスだった。甲斐抄子と勝負が発生したことを認めたに等しいからだ。バカもそれを察してチェシャ猫風に笑う。

「なにを言われたか知らんが、オレからも一つ聞いておいてやる」

「質問するのに偉そうなやつだな……」

「お前まさか、自分が小説家になれないなんて思ってないよな？」

バカの問いかけに虚を突かれて、眼球の周辺が広がり、そして固定される。噛み合った奥歯が削れるように鳴り、汗が噴き出る予兆のように熱を帯びた頭皮の奥では、逆に脳の一部が凍りつく。バカが「ん？」と試すように首を少し傾げて、僕の答えを待つ。

胸もとに手のひらを添えて、服と肉を握り込む。その上で自らの心に問われたような、根本的な問題についての見解を求める。自分の奥底、心の水面《みなも》に乱れはない。静かに広がった波紋はやがて心の外へと消え去る。

生まれる葛藤《かっとう》はない。

……ないのか。

なら、平気じゃないか。

本当は確認するまでもないんだけどさ。

むしろこうして生きているだけでも肯定しているようなものだ。

僕は久しぶりに少しだけ相好を崩し、きっぱりと言い返してやった。

「まさかだな」

「おう、まさかだった」

バカがしししし、と満足げに歯を擦りながら微笑《ほほえ》む。

「しかも今の台詞は戸愚呂《とぐろ》っぽかった」

「おう、かなり意識した」

イェー、とバカが親指を立てる。イェー、とこちらも返した。

「やられっぱなしでいるなよ。ガツーンと反撃してこい」

「……饅頭で？」

落語でも聞かせるのか？

バカは僕を見守る保護者のように優しく手を振って見送る。それから地面を蹴るようにしてベンチから立ち上がり、ポケットに両手を突っ込む。

「オレはカイショーの小説が嫌いだ。でもあいつを凄いやつとは認めている」

「後半は同意見だ」

「逆にお前の小説はヘボだが、内容自体は好きだ」

「……悔しいが全面同意見だ。今のところだぞ」

僕の返しに、バカが『そうでなくっちゃ』とばかりの笑顔を見せつけてくる。

「だからがんばれよ。オレも自分のことをがんばるからさ」

「なにを？」

「内緒。これぐらい思わせぶりにしとかねぇと伏線として働かないだろ？」

急になにを言い出すんだこいつは。アパートの乗っ取りでも企んでいるのか？　とでも冗談かつ切実に尋ねてやろうかと思ったけど思いの外、マジメそうな雰囲気だったから舌の奥に引っこめる。……さて、と。

僕は講義に行くのを取り止《や》めて、甲斐抄子の後を追うように図書館へ向かった。

振り返るとバカはもう坂の下に消えていた。ま、気にしない。

バリアフリー思想の欠片《かけら》もない急な勾配《こうばい》の階段を駆け上がる。僕がベンチでどれくらい眠っていたか定かじゃないが、甲斐抄子はまだ図書館にいるだろうか。僕の書いた小説を預かっていったけど、いつ読み終えるのやら。あの性格だと大学から帰る頃にはすっかり忘れて、饅頭の空箱ごと中身をゴミ箱に投げていきかねないが。

「しかし感想とか求めても、才能ないから死んでくださいのレベルなんだろうな」

だがその手の評価には耐性がある、恐れはない。何度も新人賞に落選したことで鍛えられた、後ろ向きな忍耐力がある。だから甲斐抄子の感想を待つことには、希望しかない。

ひょっとして、僕は……というやつだ。ひょっとしてが一つじゃどうにも足りないみたいなので、もう一つぐらい中途半端な太鼓判があれば、或いは夢を引き寄せられる、かも。

図書館の二枚扉を両方とも引いて、中に入る。足音が絨毯を踏むことでピンボケしたように実体を失う。走ってカードリーダーを慌ただしく通り、目の前の階段に足をかける。

昨日、甲斐抄子が使っていた個室風の空間が空いていればいいんだけど。イメージとして、レポート作成中の学生あたりが机の上に本を積み重ねながら占拠していそうだ。

なんて想像しながら二階に上がると、甲斐抄子にいきなり出会《でくわ》した。ソファを二つ使って、足をめいっぱい伸ばしながら座っている。遠巻きに座る男子たちでもそこまで大胆に占拠していない。

甲斐抄子は、本ではなく僕の打ち出してきた原稿の束に目を落としていた。……早速読んでくれているのか、あの甲斐抄子が。嬉しい不意打ちだった。驚きすぎて上ってきた階段をそのまま背中から転げ落ちそうになる。踏み留《とど》まり、感動に浸り続ける。どの作品を読み込んでいるんだろう、と気になってしまう。

でもそんなに堂々と、人目につく場所で読まれていると感激の中に少々気恥ずかしいものが混在してしまう。

「おや、あなたは先程の饅頭男」

甲斐抄子が原稿から顔を上げて僕を見据える。まるで僕が饅頭のような体型の呼び名だが、全裸男なんて認識されるよりはマシだろう。大またでソファに近寄る。

「えぇと、お隣よろしいですか」

「ここは残念なことに私の家ではありません。好きにどうぞ」

皮肉でもなく、図書館が家でないことに落胆するような調子だった。甲斐抄子の隣に腰かける。ソファに寝そべっていた男子たちが僕らの方に注目しているのが伝わってきたが、彼らの想像するような関係ではない。視線には意識しないでおこう。

「原稿読んでくれているんだな、感激した」

「将来、審査員になるときの予行演習になりますから」

なるつもりなのか。原稿に目を落とし、捲っていく甲斐抄子は僕をまったく見ようとしない。しかし会話が成立しているわけで、集中しているとも思いがたかった。

「それに楽しいですよ、人の作品を好き勝手に批判できるのは」

「……え、批判前提？」

などと僕の顔面を青色に染めるような台詞を平気で宣《のたま》い、更に無視して持論を展開する。

「作家になるとなぜか、他作家の作品を表立って批判すると怒られるようになります。それもその物語を紡いだ作家ではなく読者から。別に作家になったところで特に感性が変化したわけでもなく、その人間自身に変化はないのに。つまらない話は、つまらない。楽しい話は、楽しい。そう言いたいだけなのに、どうしてでしょうね、非常に腹が立ちます」

うがーと火でも吹きそうな勢いで、言論の自由がないことを訴える甲斐抄子。その話題も興味深いことではあるけれど、それよりもっと優先したい問いかけが一つある。

「で、僕の小説はどうでしょうか」

「二百三十円」

指を二本立てて僕の顔の前に突きつけてくる。目潰しかと勘違いして大げさにそれを避《よ》けて、落ち着いてから二百三十円の意味を考察しようとする。こちらが答えを出す前に甲斐抄子が補足説明をしてきた。

「今のところ、この小説に支払ってもいい金額です」

「普通の文庫本の、五分の二ぐらいか」

金を払う価値もないと断言されるかと身構えていたので、予想外の高評価だ。

「私は本当に面白い小説になら、一万円札を支払いたくなります。特に自分の著作には」

小説に対する厳しい姿勢と思いきや自画自賛だった。清濁両方の派手に混じる女だ、甲斐抄子。でも今のでなにが言いたいかというと、通常の値段が上限、百点じゃないと。二百三十円は低評価だと。そういうことだよな。今、どの作品を読んでいるか知らないが一万円を百点とするなら……二点か三点か、僕の小説。小学生に返却された答案だったら終わってるじゃねぇか。両親に叱《しか》られるのレベルを通り越すぞ。

ソファの背もたれに身体を預けて、暫《しばら》くぼうっとする。甲斐抄子の紙を捲る音が二階の中央に響く。二百三十円が消化されていく。終わったとき、何円にまで落ちこんでいるかな。

「なぁ」

天井で過剰に輝きを放つシャンデリアを見上げながら、甲斐抄子に話しかける。集中していて返事を寄越さないなら別に構わないと考えていたけど甲斐抄子の耳はそれほど遠くないみたいだ。

「はい？」

「さっき聞きそびれたけど、きみはなんで小説家になろうと思ったんだ？」

質問されたことをし返す。と、甲斐抄子はよくぞ聞いてくれたとばかりに握り拳を作りながら、しかし顔に苦いものを浮かべるという相反した態度を見せた。

仰々しいほどの顔つきのまま、現役女子大生小説家こと甲斐抄子が志望動機を明かす。

「小学四年生のときに、全国の小学生を対象とした作文コンクールがありました」

「……ああ、あったなぁそんなの。一回か二回、夏休みの課題に出された気がする」

僕が言うと甲斐抄子は頷く。そして苦々しげに動機の続きをはき出した。

「そこで私は銅賞だったのです」

どん、とソファの背もたれに拳の側面を叩きつける。なるほど、心中痛み入る……って。

「凄いじゃないか。全国三位ってことだろ」プラチナ賞とかなければ。

「凄くないです、銀賞を取ったのも同じ小学四年生だったのですから！」

お静かにの注意書きをまるで無視した甲斐抄子の叫びに、寝入っていたソファの男子がびくりと肩を揺すって目覚める。甲斐抄子はそちらに一瞥もくれないで恨み言を紡ぐ。

「あんな屈辱《くつじょく》は生まれて初めてでした。審査員の見る目のなさには絶望すら覚えたものです。ていうか銀賞のやつは絶対に何らかの不正があったと、未だにそう信じています」

「……はぁ」

「私はそいつに復讐を誓いました。必ず追い抜いて銀メッキしてんじゃねーよへへーんと罵倒《ばとう》してやろうと翌年、小学五年生の絵日記の最終日に刻み込んだのです！」

「五年生にもなって絵日記書いていたのか……」

幼稚で負けず嫌い。天才と呼ばれる連中はどいつもこいつも同じ個性を発揮するのか？

「でも追い抜くって、そいつが作家目指してなかったらどうする気で？」

「あり得ません。私より優れた文章を書く人間が、作家にならないはずがない。よしんばなる気がなかったとしても、小遣い稼ぎに小説を書くぐらいのことはするでしょう」

甲斐抄子が断言すると、つい「なるほど」と頷いてしまった。根拠ゼロなのに。

「金賞取ったやつにはライバル宣言しとかなくていいのか？」

「あれは六年生でしたから。二年間を経て脳が発達した私なら、当時の金賞程度なら悠々と追い抜いていました。よってライバル以下なので意識する必要などありません」

「…………………………」

その自信を五分の一でも分けてもらえば明日から小説家を名乗れる気がしてくる。

「というわけです。分かりましたか弟子」

え、あの話は結局通っていたのか。ひょっとして僕が弟子扱いだから原稿を読んでくれているのか？　……良いやつなんだか傲慢《ごうまん》なんだか、複雑な人柄だな。

「よーく理解できました師匠。それと、あともう一個質問」

「あなた本当に質問好きですね。私がそんなに物珍しいですか？」

ここにあるどの本よりもあんたの方が珍奇だよ。僕にとっては。

一度深呼吸を挟んでから、少し青臭い質問をぶつけてみる。

「きみにとって、小説ってなに？」

「自己表現の手段です」

甲斐抄子は迷わなかった。逡巡《しゅんじゅん》も躊躇いもなくはっきりと言い切る。インタビューかなにかで以前にも尋ねられたことがあったのだろうか。甲斐抄子が顔を上げ、毅然と言う。

「小説というのは著者の全裸を読者に見せつけるようなものでしょう?」

「そう、なのか」

全裸ときた。甲斐抄子の全裸。出会せば嬉しいがそういう話じゃない。全裸に多少なりとも縁のある僕の表情から不可解の色を見て取ったのか、甲斐抄子が声を弾ませる。

「だって小説って一字一句、作者の妄想から生まれたものですよ。隠しようがない心の奥にある、現実への不満、理想の世界をぶちまけているわけです。赤裸々な告白大会ですよ」

「……ふむ」

「自意識過剰な中学生あたりがそんなもの明かされたら自殺しそうじゃないですか。それに耐えて本を出し、露出狂のように喜ぶ。それが小説家の実態です」

変態認定しやがった。現存する小説家全員を。いやそもそも志望者も含めてか。甲斐抄子は涼しい顔で原稿をまた捲る。あとがきに書けよそういう意見、と言ってやろうかと考えたけど、そもそもこいつは既《すで》に著作でそれに類似したことを書いているのだった。

「ふぅん……全裸か」

「モザイク修正なしの丸裸です」

僕の独り言にも反応してくる。頰を搔いてから指を組み、正面に目をやった。ぐるりと通路を回り込んだ位置にある三階への階段付近を、大学で貸し出しているニュートンを小脇に抱えた学生が上っていく。目で追って、消えるまでぼぅっと見送って、それから。

「あのさ」

「私の質問の扉を開けるには今後、饅頭の鍵が必要です」

どうしよう、二度と開けられない。今度は胃痛の扉を開きかねないし。

などという饅頭男の評価を飛び越えるべく、僕は身を乗り出して話を切り出す。

「今の話を聞いていてふと思いついた作品があってさ。それを明日から書いて、できあがったら読んでくれないか？」

甲斐抄子の原稿を捲る指が一時停止する。全裸の僕を見てくれー、という心境だったのでその視線に晒されると気恥ずかしいものがあった。同時に悶《もだ》えた。なぜだ。

「それを応募するつもりですか？」

「うん。ライトノベルの賞に。十二月が締め切りなんだけどね」

「十二月の、ライトノベル？　……へぇ」

「そして作家となりきみのライバルになる」

甲斐抄子が胡乱《うろん》なものを見るような目つきになる。オイ待てとばかりに手を肩の高さで突き出してきた。

「さっき弟子志願したばかりでしょう、あなた」

「きみの小説家を目指した動機を聞いたら、ライバルになりたくなったんだ」

「ビックリするぐらい身の程知らずですね」

即答してきた。心底不思議そうに丸い目で僕を窺ってくる。凄いな、この人。僕を微塵も敵とみなしていない。カス以下の以下の以下として今まで接してきていたのか。

「引くぐらい自信過剰だな、きみ」

「そうでなければ全裸活動をやっていられません」

創作活動じゃないのか、甲斐抄子の小説は。……ヤバイ。独自の創作姿勢、というものを一瞬格好良く感じてしまった。全裸なのに。というか全裸。僕の周囲はそればっかりだ。

ここは一発、僕も裸一貫となって創作活動に取り組むべきだろう。賢い大学生は講義に出る。バカ大学生は夢に潜る。上半身を夢の沼に突っ込んで尻だけ丸出しにして左右に振り乱しながら、沼の底に輝く夢を掴もうと必死に手を伸ばすのだ。周囲の失笑を買って。

だが笑う門には福来《きた》る、というではないか。別にだれが笑っても構わないんだろう？

だったら周りを笑わせておけ。僕は笑う間もなく手を伸ばさなければいけない。

「それじゃ、失礼して」

居ても立ってもいられない。明日からと言ったが、やっぱり今日から取りかかる。今日だけがんばる。がんばり始めた者にのみ、明日が……は、少し違うか。そもそも作家志望者なんて明日があるかも怪しい生命体なのだ。夢の沼に溺れている毎日だからな。

甲斐抄子という存在が果たして縋るべき藁《わら》となるかは、神のみぞのなんとやら。

「最後の身の程知らずぶりが本当に失礼でしたね」

……この負けず嫌いをいつか、僕に向けてみせる。対等の立場となって。

勢いよく立ち上がった僕に、甲斐抄子が原稿を掲げながら注文してくる。

「次は五百円ぐらい支払わせてくれる作品をお願いします」

「任せとけ」

力強く甲斐抄子の注文に応え、階段を二段ずつ飛び降りていく。

足の裏から伝わる強い衝撃が心の表面をなぞる度、前進の確信に頬がにやつく。

あの女が書いた小説の中で、気に入っている一文を口の中で反芻《はんすう》する。

自身の脳を切り売りするたった一つの方法が言葉。そして、それを描くのが文字。

甲斐抄子。

あんたは僕の最新の脳に、いくらの値段をつける？

大学の講義に真っ当に出席した回数が一桁《けた》で一向に更新されないまま、アパートに籠《こ》もる。小説を書く為《ため》に生活の優先順位が切り替わる。ある程度書き上げるまでは甲斐抄子にも意見を求めに行けない。とにかく冒頭から最低半分を、二週間で書き上げる。時間をかけるから傑作が生まれるわけでもない。集中して時間を絞って書くからこそ生まれる表現、物語がある。と思う。一日を二十五時間に増やしたからといって、人の生活が劇的に変わるわけでもない。一時間、余分に寝る時間が増えるだけだ。ノートパソコンに古いアルバムのＣＤを突っ込み、音楽で派手に部屋を満たしながらキーボードを叩く。僕は基本的にプロットを最初に作ってから書くことはしない。綿密に計算されたミステリーやサスペンス小説を描くことはほとんどないし、なにより作っても書いている途中で設定や結末を変えてしまうことが多々あるからだ。それなら書き出してしまった方が得というものだ。

それに、今回書こうとしている物語は結末まで全て話が決まっている。後はそれを原稿として完成させるだけだ。カッカカッカッカッカと少し伸びた爪とキーボードのぶつかる音が音楽を乱すのが気になる。切ろうかと思ったけど爪切りがどこにしまってあるのか思い出せないので諦めた。そういえばバカは帰ったらしく今日は部屋の中にいない。服をまた着ていかれたがあいつの連絡先もなにも知らないのでこっちも諦めるしかなかった。

白紙のファイルにガンガンと文章を書きこむのは爽快《そうかい》だ。まだ話の細部を整えない段階なので順調に指が動く。ふと思いついた捻りの利《き》いた文章や章ごとの締めの文章を適当に書きこみつつ、冒頭の一節を完成させる。午前中は寝て、昼からの執筆だったけれど食事時間を含んでも大体十二時間で十枚分書けた。応募する新人賞は、指定したフォーマットで百三十枚までだから約十分の一を一日で書けたことになる。かなり順調だった。寝る。

二日目、午前八時に起床。買い置きしてあるパンにバターを塗って焼くのは面倒だったのでそのまま口に放りこむ。牛乳で適当に流しこんだ後、歯を磨いて、また寝る。休日はこうして午前中寝て、深夜か明け方まで活動するのが僕の生活リズムだ。別に今日は休日でもなんでもないし履修登録した大学の講義は今日も開かれているけど気にしない。

昼にもう一度目覚める。顔を洗ってからノートパソコンを起動させて執筆再開。昨日の原稿を立ち上げてまた音楽を気晴らし用にかけてキーボードに指を置く。画面と向き合っていると目が疲れているのか瞼が重い。新品の目薬を差してから書きかけの一章に着手する。昨日は順調に動いた指が今日は少し鈍い。書くのを拒否していると いうより同じテンションの文章を続けることに戸惑っている。昨日の僕と今日の僕は感性が別物のようだ。

「おー、書いとるね。そいつがカイショーをぶっ飛ばす秘密兵器かー……ってなんでお前全裸なの？　全裸執筆ってなに、そういう性癖？　快感？　快感なの？」

部屋にやってきたバカが我が物顔で座り、パソコンの画面を覗きこもうとする。鍵をまたかけ忘れたのか、と愕然《がくぜん》としたがすぐにどうでもよくなる。画面から目を離さない。

ああ、それと今バカに指摘されたとおり僕は素っ裸だ。小説は全裸という師匠の教えに従ってこのスタイルでキーボードを叩いている。この格好を知れば甲斐抄子も僕を愛弟子《まなでし》と称えるだろう。などという妄想にまで行き着くほどにはまだ、頭の中は混迷していない。

「あんたこそ暇なのか？　言っておくが僕は見るからに忙しいぞ」

「いや見るからにっていうか見るに堪《た》えないっていうか……なにはともあれ、趣味に忙しいとは幸せなことだねぇ。ま、今日はお前がサボってないかの確認ってところかな。オレもやることやったりと多忙だったりするんだが、その合間を縫ってこうして監視に来てやったわけだ」

「そーかそーか、あっち行くか大人しくしてろ、画面を覗くな」

「別にオレが眺めて減るもんでもあるめぇ。盗作もしねーよ、そんなの」

「こら、そんなのってなんだ。いいから邪魔しないように」

「へいへい」

バカが人の敷きっぱなしの布団に寝転ぶ。人の部屋を仮眠室と勘違いしているのかこいつは。まぁいい。黙って寝かせておいた。それより僕は昨日、この文章に取り組んだ気持ちを思い出すか汲まなければいけない。しかし普段からなにか意識して指を動かし文字を紡いでいるわけでもないから思い出しようがないし、感情移入の度合いも低いから汲みようがない。綺麗に繋《つな》げるのを断念して文章を作っていくと、テンションが相当に低くなってしまった。ただし文字の配列や語彙《ごい》の選択は丁寧《ていねい》になっている。まぁ統一感がないのはいつものことだからいいか。その日はバカが帰ってからも書き続けて八枚書いた。残り百十枚だ。このペースを維持できれば十三日間で規定枚数の上限まで達してしまう。

まぁそんなこと無理だろうけど。

三日目。筆が止まる。いつも通りに昼からノートパソコンと向き合ってみるものの、指が動かない。二日間ほど小説に取り組んだ所為《せい》で身体のどこかで嫌気が差しているらしい。順調に書けているとよくあることだ。それでも書かないといけないという強迫観念に縛られて、出かける気になれない。イライラする。今日はバカもやってこないので暇をお手軽に潰せそうにない。仕方ないので動かないでできる暇潰しを行う。フリーセルだ。ひたすらフリーセル。一日中フリーセルを繰り返す。最後は目が充血して痛くて仕方なくなった。眠い。二行しか原稿は進んでいないが寝ることにした。眠気はあるが明日は書かないと、という意識が念頭にあるようで寝つきが悪い。全身気怠《けだる》い。寝転んでいると背中が熱い。

四日目。昨日休んだ影響で筆の進み具合が格段に改善される。やはり一日置くと気が楽になる。この段階ならそれで十分、気力が回復する。目薬の減る量が日に日に目に見えて増えていくが仕方ない。一時期目の痒《かゆ》みを放置していたら目やにが異常に発生して、寝起きに瞼が開かなかったこともある。あれは酷かった。しかし原稿が進む。書き溜めというわけじゃないけど、今日で一章の終わりまで書き上げてしまいたい。日を改めると今の文章の癖や比喩の使い方を忘れてしまう。ムラなく仕上げるには睡眠を挟まずに書き続けることだ。夜になって風呂に入った後は指の動きが緩慢になる。フリーセルで三十分休憩してから、夜明け前まで小説に集中した。残念ながら一章終わらず。三十六枚。

五日目。四日間ほど睡眠と執筆活動以外の行動が削減されてストレスによる体調不良が発生したようだ。胃の中でなにかが暴れるように痛い。その痛みに自然と背筋が伸ばされる。落ち着かない。意味なく部屋をグルグルと回る。寝転んでもジッとしていられなくてすぐに起き上がってしまう。かといって座っていてもなにも解決しない。服は着て手ぶらでアパートの外へ出る。坂を走って上って大学へ向かった。大学内の旧講義棟にある生協でランチパックを五つ購入する。全部フルーツクリーム味だけど甘い物に飢《う》えていたので丁度いい。帰りがけ、甲斐抄子と遭遇した。目があったが女子の友達数人と一緒に歩いていたので殊更《ことさら》に声をかけることはしなかった。その女子数人が僕の顔を眺めてなにごとか噂《うわさ》しているようだったが無視した。坂を下りる途中でランチパックを一袋開けて頬張る。甘酸《あまず》っぱさが嬉しい。パンとバターを口に一緒に放りこむのに飽きていた。

休んで時間をかけてゆっくり書けばいい、という考えは三秒で却下した。流れ出すものと絞り出すものは大きく異なる。追いつめてこそ生まれるものが創作活動には確かにあるのだ。それに時間さえかければいいものが書けるなら、締め切りに追われるプロの作家よりも十八歳の暇な大学生の方が傑作を生み出せるということになってしまう。

創作物の質と時間が比例するとは限らないのだ。

アパートの部屋に戻るとバカがいるかと思ったが無人だった。戻って、しかし状況は変わらない。まったく書けない。全裸になっても書けない。意欲に陰りはなくとも肉体が拒否する。寝れば直るかと思って目を強く瞑《つぶ》り、無理に昼すぎから寝た。夕方に起きると目は冴え渡り、しかも結局指が動かない。脳が急に重くなったようになってパソコンの前で座っている姿勢を維持できない。ムダな睡眠を取ってしまった。過剰に寝てしまい、その日は小説に取り組むこともできないまま徹夜する羽目となった。

枚数は三十六枚、一行も変わらず。

六日目、徹夜の影響で体調が一気に崩れた。寝起きから一時間経っても身体の怠さが蒸発しない。いつまでも身体が濡《ぬ》れているようだ。ただ昨日なにも書かなかった影響か脳だけがやる気で、イメージが湧いている。パソコンの前に座りこんで小説をひたすら書き続けるという姿を思い浮かべている。そういうときは書ける日。パソコンが遠く感じられるときは書けない日。気怠さがないのなら大丈夫と机に肘《ひじ》を突きながら身体をパソコンの前に引きずる。カカカッカカカカ。爪が良く当たるようになった。切った方がいいな。

「うわー、死人の目になってる。入れ込むと消耗激しいのな、お前。そして今日も全裸」

バカがやってきた。振り返った僕の顔を見た途端にそんなことを言う。そうか、と短く返してからバカに「爪切り探してくれ」と頼んだ。バカは「断る」と返事しながら部屋の中をうろつく。すぐに見つけてくれた。「爪切ってくれ」「なんで男の指のお手入れなんて手伝わんといかんのだ」「じゃあ貸した服返せ」「ほれ、右手出せ」言われたとおり差し出して、残った左手でキーボードを叩く。文字を打つ度に目の下の隈《くま》が疼《うず》く。同じ姿勢を取り続けることに身体が拒絶反応を示す。でもパチン、パチンと爪を切り飛ばす音がして少し気が紛れた。バカが僕の指を取り、爪を切っている。その様子を横目で眺める。

「大学行かねーの、お前。単位ヤバイよ」

「書き終わってから行く。その為に急いで書いているって部分もある」

「留年されるとねー、困るんだよねー。学費払うのきつくてー」

「あんたは僕の母親か」

「そこはせめて父親扱いしろよ」

その日は五十三枚まで書き上げた。やっと一章終わり。達成感と焦燥感で腹いっぱい。

七日目。起きたら夕方だった。寝過ぎだ。しかも体調が回復しているとは思いがたい。頭痛が酷くて身体を起こしていると首まで痛くて泣きそうになる。倒れた。枕元《まくらもと》にあった甲斐抄子の著作のあとがきを読む。腹が立った。少し意欲をかき立てられたらしく、パソコン画面に向かうことができた。二枚書けた。テレビを点《つ》ける。消す。点ける。消す。数秒見ては、すぐに消す。気づけば繰り返していた。ヤバイ寝よう。

五十五枚。

八日目。不承不承に服を着てから大学の坂の下にあるコンビニへ買い出しに出かけると甲斐抄子に出会った。表でソフトクリームを舐めていた。くれと頼んだら包み紙だけくれた。近くのゴミ箱に捨てる。それから顔色の悪さを指摘された。相手の性格の悪さを指摘したら口喧嘩になった。

その後なぜか一緒に喫茶店でコーヒーを飲んだ。僕はコーヒーなんて本当は飲めないので牛乳かオレンジジュースが良かったけど、甲斐抄子が勝手に決めてしまった。

「あなたそんなことやってると早死にしますよ」

「だらだら書いてると書いた気がしないし、それに」

「それに？」

「最初に書いておいた伏線を忘れる」

「まぁそれは私にも覚えがありますが」

「書き上がったらきみに読んで欲しいんだ」

「構いませんが」

「僕が全裸で描いた僕の全裸を是非《ぜひ》、きみにも全裸で鑑賞してほしい」

「応募規定には日本語の小説と書いてあるはずですが、今のあなたで大丈夫ですか？」

ご冗談を、と甲斐抄子の冗談によって談笑の花が咲く。空気の読めないことに、甲斐抄子はいささかも笑っていないが。

「それに私が協力して尚《なお》、落選するようだったらあなたが無能であることが一層、浮き彫りになりますよ。場合によっては再起不能になりかねない」

「一蓮托生《いちれんたくしょう》だろ。弟子も無能なら師匠も無能」

「……あなた、ライバルと弟子どっちの立場を自称したいんですか？」

「さぁねぇ。そういえばきみはライバル意識持っている作家っているのか？」

「私より売れている作家、才能のある人間は皆ライバルです」

「……きみより才能のあるやつか。やっぱり、いるんだよなぁそういうのも」

僕の中できみは神様のように『身近』に仰ぎ見てしまうものだけど。

「ええいますとも。私ほどの才能をもっても超えられない存在。言っておきますが私は努力というものも試しました。しかしそんなもので才能の差を埋めることはできませんでした。才能は人間同士においては絶対の働きを見せます、ですから、」

「うん、ですから？」

「人を超越した流れ、天運に頼るしかないでしょうね。この場合」

こんな話をした後に別れた。それと小説を書いた。六十三枚。二章まで終わった。これで約半分。予定していた二週間より早く書き上げることができた。けど不安なのは壊した体調と、内容の進展が半分どころかまだ三分の一ぐらいしか描けていないこと。規定枚数が憎らしく思えてくる。

九日目。「小説を書くとー」「幸せだー」「それだけでー」「幸せだー」「売れて印税」「がっぽりだー」「カイショーは」「ライバルだー」「授賞式の挨拶は」「バッチリだー」「最初のあとがきは」「もうできているー」「お前は」「バカだー」「小説」「バカだうるせぇ」

バカによる暗示効果により五枚書けた。六十八枚。

十日目。どこへも行けないように僕の足と机の脚を手ぬぐいで結んだ。これで小説を書くしかない。書くしかない。寝転ぶ。ゴロゴロと左右に寝返りを打つ。床に敷いたカーペットが素肌にチクチクする。胃が痛い。結局起き上がってまずはパソコンを起動させる。ソリティアもフリーセルもパソコン内から消してしまったので音楽再生ぐらいしか娯楽的な使用法がない。CDを再生する。音が煩《わずら》わしくなって十秒、保《も》たずに取り消す。苛立つ。自律神経？　みたいなアレが著しくどうなってる？　酷いのか活発なのか。分からん、とにかく苛々してパソコンを殴りたくなる。意味もなくなにかに泣き叫びたくなる。ダンゴムシより丸まって眠りたい。この十日間で精神衛生が最悪だ。行動もおかしい。どうして足を脚と結んでいるんだ。シャレか？　拘束されながら狂ったシャレか？　小説のどこかに使えるかと思って空いた行に書きこんでおく。三枚書いた。七十一枚。

十一日目。書く。寝る。書く。書く。書く。書く。寝る寝る寝る寝る書く書く書く書く食べる書く書く書く書く寝る書く書く寝る寝る寝る書く寝る書く寝る寝る寝る寝る寝る寝る寝るが増えすぎて諦める。寝る。ここまで八十枚。三章終わり。意外と進んだ。というより話を早めに畳む方向で行くことにした。そうしないと規定枚数が守れない。推敲《すいこう》したり甲斐抄子の指摘した箇所《かしょ》を直したりすると、ページ数が増えるだろうと予想している。そもそも、甲斐抄子がほんとに僕の原稿の修正に協力してくれるかまだ分からないけれど。

物語の表現にページ数などという制限があるのは疑問だが、取り決めとあっては仕方ない。この応募規定を作ったのはだれだぁ！　アパートの部屋で独り海原雄山《かいばらゆうざん》ごっこをする。これが意外と楽しいうえに笑えるのだから困る。なんで甲斐抄子の最新作はあんなに分厚いんだ。ページの制限がない本を出版させて貰える甲斐抄子を羨んで妬んで布団に入った。布団が臭い。干さないと。僕自身も風呂に入るべきかも知れない。まぁまだ許容範囲。

十二日目。右肩が凝って仕方ない。連動して首の裏の筋が痛む。丁度来たバカに肩を揉《も》んで貰う。「お客さん、肩が百パーセントの戸愚呂みたいになってますねー」「また戸愚呂かよ。戸愚呂何人いるんだよ」「いやこないだ読み返したからさ」「そこ痛い、ちょ、死ぬ」

悶える。パソコン画面に『cいえgぶqううひううy』という文章が生まれてしまう。削除と。それから振り返ってバカを睨むと、受け流すように薄く微笑んでいた。

「お前、小説家になれるぜ。きっとな」

「それ言うの何回目だよ。……悪い気はしないけど」

「小説家になって、カイショーに勝てよ」

「……あんたも小説家になったらどうだ？」

「まぁそれも悪くねーな」

気軽に言ってくれるよ。その余裕に思わず笑ってしまった。その後にバカが人の下半身を眺めてせせら笑ってきたので些細な殴り合いに発展した。手の甲の皮が剝けた。

十三日目。記憶にないが気づけばかなり原稿が進んでいた。小人さんの存在を疑って眠気に侵された目を擦って部屋の中をうろつく。小人の代わりにゴキブリが出てきたらどう戦おうか悩む。勝ち目はあるだろうか。ちなみに僕の地元ではゴキブリを素足で踏み潰す同級生の女子がいる。山がほど近い田舎《いなか》娘にとってはゴキブリなど虫の一種とみなしてまったく平気なのだ。しかし都会派の僕は違う。よってどうも小人さんは頭の中にいるか確認した方がいいようだ、と悟って寝ることにした。九十六枚。あと一押し。

十四日目。腹が減りすぎて痛い。よくあることだ。眠すぎて意識が遠退《とおの》きテーブルで顎を打って舌を噛んだ。よくあることだ(三回目)。寝不足で生まれた口内炎が三つになって舌を動かすだけで傷口に塩を塗ったような痛みに襲われる。よくあることじゃない。

痛みはありながらも瞼の重みが一向に解消されないのはどういうわけだ。痛いっていうのは眠気覚ましのためにあるんじゃないのか。違う気もする。そもそもここまで一気に書き上げる必要があるのか。ある。大学の講義に出席しながらチマチマ書いているると作品が間延びする。ただでさえ薄い僕の人生を更に引き伸ばしたら評価されるどころかだれも気づいてくれない。そんな恐怖感がある。それに追い立てられて今、こうして手の甲に何度も握りこぶしを振り下ろしているわけだ。指の付け根が痛い。だから起きろ、寝るな。

今日寝ると明日も書かなくなる。予感ではなく経験に基づく判断だ。一度集中して完成間近に来ている故に、気を緩ませると一気に興味が失せる。手が伸びなくなる。僕は正直言うとこの作品の執筆に飽きを覚えている。もう関《かか》わりたくない、という思いさえ根底にはある。だから今日、無理をしてでも完成させなければいけない。完成させることによる達成感がその倦怠感《けんたいかん》を打ち破るのだ。締めを綺麗に整える。それは人生でも小説でも大事なことだ。自画自賛になるが、僕の物語は締めの一文、二文だけは甲斐抄子の小説より優れていると確信している。そこに至るまで、あと、もうちょっとだ。

全裸のまま、マラソンを走り抜いたランナーでも祝福するようにパソコンに抱きつく。生温《なまぬる》い液晶の感触に嫌気が差す頃までたっぷり抱いた後、身を離してキーボードに指を這わせる。そうしてキーボードを叩く中で、自分がどうして小説を書いているのだろう、という根本的な問題を問う。いや問われている。幻に。少年漫画ならもう一人の僕的なアレだろう。精神世界で繰り広げられるやつ。神と悪魔が戦場で戦っている云々《うんぬん》。そして僕の中の神と悪魔は、バカと甲斐抄子のようだ。どちらが神で悪魔かは敢えて判断しない。

幻聴が思考に重なり、対話めいたものが僕の中で反響する。腹痛い。ゼリー的な冷えた半固形物を摂取したい。幻聴より現実的な欲求の方に気を取られてしまう。

『小説は書けますか？』

『今書いてるよ。大体その問いかけ、なんか腹が立つ』

『面白い小説が書けるかってことじゃね？』
『それが客観的に判断できるやつがいたら小説市場を占めれるよ』
『日本語間違ってませんか？　そこの文章、ら抜き言葉になっていますよ』
『あんただって今喋ったのはい抜き言葉だよ。なにきみら、電子辞書の妖精？』
『お前の善の心と悪の心みたいなやつじゃね？』
『無論、私が善良の象徴ですね』
『バカかお前。バカ正直って言葉があるぐらいだからオレに決まってる』
『幻聴共、人の頭の中で自我があるように喧嘩するな』
『やかましい。そもそもお前はなんで小説なんか書いてるんだ』
『……夢だからだろ。たくさんの人に面白いって言ってもらうのが』
『出版される保証もないアマチュアなのに、よくそこまで無理できますね』
『楽しいからだろ。僕にしか書けない物語を作るのが』
『だれかに才能がないと、つまらないと言われても？』
『……天才かも知れないって、言ってくれる人もいるから』
『ひょっとしなくても、小説バカなことだけは確かだな』
『さて、これが最後だ』

『『エンターキー、と』』

力強く押した最後の行が、そこで終わる。じわじわじわと、指先から震えた。

「書、け、たー！」

カビの匂いがし始めた布団の上に倒れこむ。動けない。今日はもう一歩も動けそうにない。尿意に襲われたらどうしよー、とかニヤニヤしながらお気楽に心配する。

原稿の完成する瞬間の爽快感は、元旦《がんたん》に新しいパンツ穿《は》くのに比肩する。

この後は推敲して、甲斐抄子に意見を貰って、修正して、原稿印刷して、パンチで穴開けて、紐通して……。やることいっぱいだ。でも、解放感と希望。この二つしか僕の中にはない。やり遂げた達成感にくっついてきた幸せの余韻に浸り、世界が心地よく歪む。

これだから小説を書くのは堪《たま》らない。プロになれたらこの後、その原稿が出版されて全国に流通までされるんだぜ。もう、そんなことになったら夢に溺れて死ぬんじゃないか。

「怖いなー……作家怖いわー……」

息を吸う度に意識が眠気で遠退く。幻聴も現実へ還《かえ》ったようになくなり、頭は孤独となる。だけど僕の心は、文章の糸で埋め尽くされて繭《まゆ》の中にあるように穏やかだ。

窓から心細く入りこんでくる夜明けの光に、春の陽気を見出して破顔一笑する。

創作の原点における自己満足。夢と光が僕を勝手に世界最高の果報者にしてしまう。

ああもう、この気持ちに永遠に浸らせてくれるなら。

小説家になるとか無理とか、どうでもいいんだけどなぁ。


「……しかし早漏《そうろう》ですね、あなた」

郵便局の自動扉に挟まれかけた。というか動揺して足もとがぐらついた所為で自ら当たりに行ってしまった。右目と眉毛の間をガラス扉にぶつけて、「あたたた」と腰を折る。

「随分と分かりやすい人ですね」

「言葉の誤用を平然と行うから呆れたんだ」

「言葉など、意味が伝わればそれで十分です」

伝わってねぇよ。話を聞いていた郵便局員が目を丸くして僕たちを見ている。僕は自動扉を手のひらで押し返すようにしながら外に出て、右目を中心に押さえた。

ズキズキと線状の痛みが走ってはいるけど、すぐに治まるだろう。

僕の隣に立つ甲斐抄子が腕を組みながら、首を傾げる。

「で、本当に早漏なんですか？」

「それはもういいから」

「いえよくないでしょう」

うるせぇ黙れ。

ゴールデンウィークも過ぎた五月第二週。茹《ゆ》だるというほど湿気はなく、むしろカラカラに乾いてしまいそうな暑さと日差しが続く。

僕らの通う大学は、坂の下にコンビニと郵便局がある。きっと僕がこうして原稿を送る為にあるのだ、と信じたくなる気分だった。今だけだろうけど。

これから上らないといけない長い坂を見上げれば、その高揚した気持ちもあっという間に霧散する。

長期の休み明けに大学まで出てきた所為か、僕と甲斐抄子の顔は精彩を欠いている。やる気ねー。甲斐抄子など目と首が左に偏っていて、歩き出すと当然、左側へふらふらと寄っていってしまう。ああ、どこへ行く。そもそも大学と方向さえ正反対だった。

一応、甲斐抄子を追いかけた。弟子だからな。ちなみに一緒にいるのは偶々だ。僕がコンビニの前を通りかかったときに甲斐抄子が野菜ジュースを飲んでいたからと、それだけ。

明日も行動を共にする、といったようにお決まりとなることは恐らくあり得ない。

大体、ライバルと常日頃から行動を共にしたところで得るものはない。時々張り合うぐらいが丁度いいのだ。弟子になったりライバルだったり忙しいが、友人になることはあり得ない。

「十二月締め切りの賞に、五月に応募するとか。季節感のないバカだと思われますよ」

歩道の中をピンボールのようにジグザグに移動する甲斐抄子の後をついていけば、当然ながら僕はピンボール二号となる。かっこんかっこんと二人でキレ悪く跳ね回る。幸いなのか終わるキッカケが見当たらなくて不幸なのか、歩道の向かい側から他の人影が訪れる気配もない。だれか止めてくれ。あたりを見回すが、バカ一人いやしない。

「推敲も三回したし、きみに指摘された箇所もちゃんと修正した。それにあれ以上弄《いじ》ると、応募規定の原稿枚数を超えることになるし」

「……受賞できる自信はまだ無謀にも持ち合わせていますか？」

「そりゃあね」

「結構。ただし期待はしないように。私も、私の師匠も最終選考で落選していますから、又《また》弟子であるあなたも同じ轍《てつ》を踏むことでしょう、うん」

ピンボール抄子が無愛想に顎を引く。むしろ取れるはずがない、取るな取るなと祈る心情が透けて見える、というのは穿《うが》ちすぎだろうか。その後ろ暗い期待を込めた顔に対し、逆に僕から尋ねてみた。

「きみは、今度の僕の小説が多少なりとも出版社に認められると思うか？」

その質問に、甲斐抄子が足を止める。中途半端にピンボール二号となっている僕に振り返り、短く息をはく。「さて」と呟いているようにも聞こえた。

「人に物を尋ねたいなら、もう少し近寄ってからにしなさい」

そう告げてから急に甲斐抄子が機敏になる。しかし左側に寄っていくのは変わらない。信号が変わる寸前の道路を横向きのカニ走りで渡り、先に横断歩道の向こう側へと行ってしまう。向こう側の道路には手羽先が美味しいことで有名な居酒屋とココイチがあった。

そこで丁度、歩行者側の信号が赤に変わる。甲斐抄子は僕がまだ横断歩道の向こう側にいることに気づいてか振り返る。取り立てて行く当てがないのか、それとも僕を待っているのか。そこから動こうとしない。

車道側の信号が青になり、停止していた車が左右から流れ始める。甲斐抄子の姿が途切れ途切れにしか映らなくなる。それはまるで以前、小説を介してしか、甲斐抄子という人間を知らなかったときみたいで。

「…………………………」

湿気という混じり気のない光に焼かれる前髪が熱い。肌が乾いて、手の甲に触れると肌が風化してこぼれ落ちてしまいそうだ。眩しくて目も満足に開けていられない。手で額の側にひさしを作り、ジッと、横断歩道の行く先を見つめる。

道が一本違うだけで、僕と甲斐抄子の間には明確な差が生まれている。遠くないのにいつまでも近づけない、そんなもどかしさ。僕がいつだって彼女に感じているものだ。

その差を埋めようと手を伸ばして……何度、空を摑んできたか。

今回の応募も季節が二つか三つ移ろう時間を経て、結局はそうなるのだろうか。

口先だけの自信は横から訪れる車と、それに伴う風に足もとを揺らされる。

原稿を応募した直後の達成感と不安の矛盾は、いつだって僕から安定感を奪う。一際大きい車が左から走ってくると、排気ガスの臭《にお》いがふんだんに漂う強い風に吹き飛ばされそうになった。まだ少しだけ痛む右目の周辺と髪を手で押さえながら、その場に踏ん張る。

もどかしかろうと、ここに立たなければ向こう側へ歩き出すことさえできない。

そうして、大型車のまき散らす騒音と匂いが過ぎ去った後。距離を取っていた後続車が来るまでに一瞬、大きく開いた視界の中で。

正面に立つ甲斐抄子が、手を振っていた。

いつか手拭きとしての僕を呼んだときのように。

早く来い、と手招きしている。

不敵に微笑んで。

自分の場所に来てみろ、とばかりに。

「……おぅ、行ってやんよ」

すぐに、あんたの所まで。光と夢の行き交う道を越えて、向こう側に。

五月。大学生活が始まって一ヶ月が過ぎた。蒼天《そうてん》の下に立つ僕たちはまだ今年の夏も拝んでいない。十二月までも、来年の四月までもただひたすら遠い毎日に早速、今から焦燥を覚えてしまう。結果を求めるまでの長い過程に耐えることで、どれだけ僕の心は傷だらけとなるだろうか。想像しただけで胃液の味が口に広がる。許されるなら顔を掻きむしって泣き喚《わめ》きたい。でもそれだけの苦痛を超えないと、凡人は非現実をなし得ない。

ひょっとしなくても天才じゃない僕がこの毎日の中で、夢と現実を共存させる為には。

車道の信号の色が青から赤に変わる。果実のように熟していく。

連なっていた車の流れが停止し、横断歩道の向こう側が再びはっきりと見えてくる。

甲斐抄子はまだそこにいた。口の横に手を添えて、少しだけ前屈みになって。

「あなたってー、ひょっとしてー、」

甲斐抄子がなにか、僕に向けて楽しげに叫ぶ。

だけど向かい風に呑まれてその発言の後半が聞き取れない。

その続きが気になって仕方なかった。

ああ、ちょっと待ってて。

白紙の原稿の束を鞄に詰めこんで。

今、僕の中のバカが全裸で向かうから。

一次選考『眠気と覚醒《かくせい》の狭間で』

単純計算を生活の中で実行に移すことほど難しいことはない。段ボールにすし詰めとなったコピー用紙の束を脇に見下ろしながらそう嘆く。三百本。夢の塊が三百個。

新年が明けようと正月三が日だろうと、一日五本以上は応募原稿を読まなければ消化しきれない。電気ヒーターを目まぐるしく回していないと凍死しそうな、すきま風の酷い部屋で背中を丸めて原稿を読み込む毎日。送る連中は夢いっぱいで応募してきたのだろうが、下読みの俺にはどの角度から眺めても現実しか備わっていない。

欠伸《あくび》を噛み殺し、読み終えた応募原稿の束を左に置く。残念ながら除外。俺から見て右に積んである原稿は、目を通して注目できる部分があったもの。左は選考から弾くもの。そう仕分けしてある。取り敢えず今読んだやつは、言い方は悪いが寝不足による眠気を助長するだけだった。深夜に文字を目で追うとどうしても瞼が重くなる。その重さをはね除《の》けて眼球に差しこむような輝きが、今の作品にはなかったのだ。来年がんばってください。

頬を手の付け根でこねて眠気を解消しながら少し休憩を取る。今日は休日（正確に言うと日付は変更されてしまったので既に月曜日だが）なので多めに原稿に目を通しておこうと、朝から張り切っていた。十本以上は読めたが、心身の限界に近づきつつある。

「しっかし、どうにかならんかね」

今までに様々な新人賞の下読みを請け負っているが、ライトノベルの新人賞に送られてくる原稿は題材の偏りが酷い。一般文芸の方になると、誤解を招きそうな表現だがぶっ飛んだ作品も結構送られてくるのだ。型にはまらない飛び道具が多い。飛びすぎて明後日《あさって》の方向に行っていて、小説新人賞なのに考古学の論文みたいなやつを応募してくる人もいるぐらいだ。

勿論、そういう作品はさっくりと除外するのだが。求めていないものを送ってきても、誰《だれ》かが拾ってくれるはずもない。大人なのに、なぜそれに気づかないのかね。

そんな一般文芸と対するにライトノベルは、正面から拳骨《げんこつ》を振りかざすような作品だらけ。応募者の主な層が若者だけあって流行《はや》りものに敏感で、そして飛びつく傾向にあるのか応募期間中に流行っている作品にテーマ、題材が被ること被ること。今年は学園異能力者系が多すぎる。バトル物になるか不可思議要素を含んだ恋愛物となるかで多少の分岐はあっても、概《おおむ》ね高校生があーだこーだする話に落ち着くのだ。しかもどっちにしても主人公が平凡、或いは普通の人間にも劣るような特徴のない存在だけど実は秘密や隠し玉が存在して……ばかり。どうなんだろう。応募者が皆、同じ本から感銘を受けているのかね。

顔の体操を終えてから、次の原稿を段ボール箱より引っ張り出す。この下読みという仕事は本業から少し外れて半ば趣味で請け負っているのだが、こうも作品の傾向に偏りがあると難色を示してしまう。いや別にそれ自体はいいのだ。そういうお話が市場で求められているのなら、それに応えようという姿勢は素晴らしい。商業作家を目指す者として正しい。ただ俺が危惧《きぐ》するのは、そういった意思かはさておき似通った作品を送ってくる人たちが、頭を怠《なま》けさせていると感じることだ。なんというか、妄想がまるで足りていない。

小説は現実に存在しないお話であると認識してほしい。つまりもっとドロドロ、想像を練って書いてほしいのだ。自分が得たものから、物語の展開と反応を決めつけすぎている。無から有を生み出そうとする精神が感じられない。空想が欠けている。

最近はこのライトノベルの賞も一般文芸方面まで取りこもうとしているらしいので、

そちらからなにか飛び道具を送ってくるやつがいてくれると嬉しいのだが。

そんな風に憂えながら、手に取った新しい原稿に目を落とす。タイトルと付属している応募者の履歴書を眺めて、ふむふむと頷く。特に問題はない。さて、あらすじはと。

「……なんだこりゃ」

読み終えて、首を傾げる。釈然としないままに本文の方を読み込んでみる。……おいおい。苦笑いを零《こぼ》しながらページを捲る。飛び道具だ。しかも桂馬《けいま》的な軌道を見せるやつだ。

そんなのが俺の手元にやってきた。

文章はスッキリしない。比喩表現は捻りすぎで、しかも生意気。全体的に気骨なんて言葉で言えば聞こえはいいけど、敵対心のようなものが透けて見える。そんな文体だ。

それが読み進めているうちになんとも、笑える。悪い意味で笑えるようになる作品だ。ギャグ小説ではないのだが、全力でバカを取りに行っているという印象の物語。人を小馬鹿《こばか》にしたようなその作風が、俺の瞼の重みを取ろうと引っ張ってくる。原稿の束が半分を過ぎた頃、ぱちん、といい音が目の上で鳴るのを確かに聞き届けた。

「……よし、これは残そう」

読んでいる途中にも拘《かか》わらず、そう呟く。更に身体が自然、右側に傾く。

読んでいる間にまた丸くなっていた背筋を伸ばして、重くなくなった瞼を指で擦《さす》りながらその原稿を一度、手のひらで叩いた。これが選考で残っていくことを想像すると、苦い笑いが零れて仕方なかった。

二章
ぼくだけの星の歩き方

今年も誰かが新人賞を取って小説家として世に出る。クソッタレ。呪詛《じゅそ》に似た悪態を吐《つ》きながら部屋の蒼白の壁を蹴るとその途端、壁が軋む刹那《せつな》を飛び越えてわたしの足首が歪んだ。渦を巻いてねじ切れそうな激痛が肉の奥から泉のように湧きあがり、堪らず叫んだ。

「あーった！　あだー！　ねんざした！　これ絶対ねんざした！」

隣人が苦情代わりの返事として、即座に壁を殴り返してくる。わたしの蹴打《しゅうだ》より遙《はる》かに鈍く、深い衝撃が壁の中央から波紋の形で広がることで、こちらの喉は行儀良く絞まった。

「いたいよー……マジで痛いな。むぅ、怒りに身を任せて良い結果が得られる歳《とし》でもないということか。まだ三十代の紳士なんだがなぁ」

部屋の床の隅に座りこみ、ぼそぼそと密談でも交わすような小声で嘆く。ビジネスホテルでの生活も隣人に気を配るという点ではアパートと大差ない。赤みのさしている足首を撫でながら、すっかり日の暮れた窓の外を見上げると赤い光が空を転々としている。

「飛行機か。何年乗っていないだろう。傷心のヨーロッパ旅行とか悪くないな」

一人で部屋に籠もる時間が増えた弊害《へいがい》の一つとして独り言の増加が挙げられる。二十代の頃は様々な作家と交流を持とうと躍起になっていた為に発症しなかったが、断筆宣言を行って三十歳を跨《また》いだあたりから自作自演の如き会話ばかりが室内に横行するようになった。それと憤りに基づく壁蹴りの回数も飛躍的に増えたと追記しておく。捻った右足に気を遣いながら、壁に手を突いて立ち上がった私は左足だけで跳躍を繰り返してベッドに戻る。昼寝の跡を残して皺《しわ》だらけに乱れたシーツの上から寝転び、強く息を吐き出す。体内の空気を制限なく抜いていくと、沈みきったはずの身体が更にベッドに埋まっていくようだ。肩胛骨《けんこうこつ》が深々とシーツに突き刺さり、わたしはベッドに貼りつけられたように身動きが取れなくなる。背中の肉と布が汗で接着される感触は不快極まりないが。

「暑い。騒いだせいで汗も出てきて、マジシャレになってないわー」

十月末の鉄筋ビジネスホテルは熱が籠もるようで、外より体感気温が四割増しとなる。冬でも客室係が一仕事終えると汗をかくほどだ。その上、今のわたしは風呂上がりなので余計とも言えた。一応の対策として服を着ないまま横になっているが、湧きあがる蒸し暑さは裸になった程度では収まらない。むしろ増大した熱気に直接、肌が包まれることで感度が高まっているようにも思えてならないのは、わたしが科学に無知故だろうか。窓のブラインドは年中全開にも拘わらず、風呂から出ると最低二時間ほど全裸で過ごす習慣が身についている。向かいは進学塾のビルで女子高校生の集団と不慮の事故で目その他がかち合ったこともある。無論、故意ではないのだが大問題に発展したことがある。

「お腹空《す》いたよー……ってイカン。騒ぐとまた壁パンチが飛んでくる」

隣人の宿泊客である外国人は血の気が多くて敵《かな》わないし、腕っ節というより体格にも優れている点があって始末にも負えない。このホテルは何故《なぜ》、外人客だらけなのだ？　しかも地続きに隣接してパチンコ屋があるという不思議な構造でこれがまた夜間だろうと遠慮なく騒々しいのもやるせない。わたしは賭《か》け事が嫌いな人種で、それは勝負事など下らんという価値観の下に長々と生きてきた結果の好き嫌いだろう。B1から行ける隣のビルのコンビニへ買い出しに行く度にその賑やかで煌《きら》びやかなセンスのない装飾の入り口に悪態を吐く。そして偶々出てきた赤髪のヤンキー従業員に壁際に追いやられて現代社会の闇《やみ》をしこたま叩きつけられたこともあった。あの遠慮と後先がない力強さは特筆に値する。

「その次に書いた本で彼をモデルにしたチンピラの脳天を吹っ飛ばしたっけ。わはは」

　こんなわたしだが某小説新人賞の審査委員を務めている。こんなわたしというのも自分に対して失礼な紹介ではあるが実際、他人の成功を快しとしない人間が審査など務めるのはいかがなものかと毎年感じている。いやこれでも昔は他人の成否などには無頓着だったのだが、小説を書かない期間が長く続いているとつい、他人のことが気にかかるものだ。

「あぁ嫌だなぁ、今年もウチのレーベルからデビューして同業者が何人も増えるんだ。わたしの復帰する場所がどんどん埋まってしまうじゃないか」

　嫌悪の想《おも》いがわたしの胸を焦がすのを振り切ろうと寝返りを打つと、素肌に浮かんでいた汗がシーツになすりつけられる。少し手入れを怠って伸びた横髪が耳と腕の間に挟まって鬱陶《うっとう》しい。……自業自得ではあるが、小説を書けなくなって数年。そろそろ復帰したいものだ。なにしろ貯《たくわ》えが尽きてきた。十月もそろそろ終わるが、今年いっぱいの生活費を支払えば貯金通帳はただの紙切れと化す。つまり、由々《ゆゆ》しき事態というやつだ。金を稼がなければ正月の餅代《もちだい》もないという表現に該当する素寒貧《すかんぴん》に成り果てる。それは勘弁願いたい。

「他のクソ作家はどうか知らんが」わたしは小説を書くことを純粋に『仕事』と捉え

ている。インタビューの類において幾度もそう発言しているし、小説への取り組み方に対する本音を発信してきたつもりだ。その所為で反感を買って敵だらけとなった事実を否定する気も起こらない。小説を書き上げるときに味方など必要ないと考えているからだ。しかし、客商売であるのは事実だからその客にそっぽを向かれては成り立たないのも事実だった。わたしは数年前に一度、派手に干されている。というより叩かれていた。以前よりその傾向はあったが決定的となる原因は最後に出したシリーズ物のあとがきだった。書き出しは普段通りの無難な内容が続いていたのだが、このような語りを締めに用いたことで問題が発生した。わたしは今でも問題などないという見解を発し続けているのだが。

『小説は美しい。

しかし小説に群がる者共は醜悪だ』

「ぬゎーんて書いてみたら、どなたの逆鱗《げきりん》に触れたのかバッシングの嵐《あらし》」

ただパッと思いついて格好良さげだから締めに使ってみただけなのに。それと当時、メディアミックスの為に巻数を確保しておきたいという話になって刊行スケジュールを振り回されたことに若干の嫌気が差していた、という要素も一割ほど動機に加味して。巻数を多く出していた方がよりメディアミックスが効果的だから、などと編集者に強制されて書いたはいいが、元より続巻をほぼ予定していなかった作品を引き伸ばした所為でアイデア出しに伴うストレスが洒落《しゃれ》になっていなかった。作家は自由だ、などと会社勤めの男が宣っているのを聞いたことがあるが、書きたくもない作品を仕事として書かねばならない、強制されるという点では会社員と大差ない。大体、わたしは自身が属しているライトノベルレーベルには恨み骨髄《こつずい》なのになぜ会社を儲《もう》けさせてやらなければいけないのか、と密《ひそ》かに疑問視している。わたしはライトノベル新人賞に応募してデビューしたのだが、賞を取ったのではなく拾い上げだ。審査員の無能共が見る目のなさを存分に発揮して、わたしを最終選考で落選させてしまったのだ。奨励《しょうれい》賞さえも与えなかった。そんな結果は数年遡《さかのぼ》ろうと、進もうと、わたしの応募した年だけだった。そう、わたしは、会社側に全く期待されないままデビューしたのだ。だが結果はどうだ、その年に受賞してデビューした連中より、わたしの方がはるかに売れてしまっている。あのバカ審査員共には他人の小説を審査する資格などない。いや資格は構わないが、能力がない。売れるものを選ぶ為に審査していないというのなら、一体なにを見て判断しているというのか。メディアミックスの効果を上げる為に続きモノを少々無理してでも書かせるような会社が、商売利益に拘っていないなどとは言わせない。しかも人気がなくなったら容赦なく切る。……閑話休題。あとがきの話題だったな。

「この『群がる』っていうのが誤解を招いたんだよなー」

批判までわたしに群がった。読者が自分のことだと勘違いしたらしいのだ。この二行に言葉が足りないことは認めるがそもそも意図のない発言をそう邪推して貰っては困るし、謂《い》われのない中傷を受けては腹も立つというものだ。そうして、生来の短気が必要以上の大事を招くことになってしまった。自身のブログでの対応が完全な喧嘩腰で、謝罪など一度も口にしない故。

「わたしは悪くないぞ。はて、こんな台詞を生まれて何度口にしてきたことやら」

そもそも人に頭を下げたことなど一度もない。悪い意味で人に嘘をつけない子供だと、昔から評されてきた性格だ。いつだって着飾らない。いつだって裸の心で人と接する。小説に対するスタンスもそれを貫いてきた。読者の声と大喧嘩して、最後はあまりにしつこく煩わしかったので、筆を折ると宣言して引き籠もってしまった。結果、数年が経つ今では怒りなどわたしと読者の間ですっかり風化して、むしろ忘れ去られつつある立場となっていた。その空気を鋭敏に察知して、今の内に復帰しなければ本当に作家を廃業しなければいけないと強い危機感を抱いていた。生来の短気と他者を見下す癖はコミュニケーション能力の欠如に他ならない。これでは作家の他に出来る仕事などない。なに、筆を折る件は撤回していいのかと？　なーに、世の中を見渡せば断筆宣言など年中行事になりつつある作家もいるではないか、なんの問題もない。……しかし、ただ復帰しても印象が薄い。新興の作家が雨後の竹の子のように生まれる業界だ。わたしが今更普通に復帰したところで、元の中堅よりやや上の立ち位置まですんなり戻れるとは思えない。それが当面の悩みだった。なにか演出が欲しい。考え続けて幾つか思いついたが、どれも実行に移せるほど確信を持つには至らない。これが成功しなければ作家を廃業しなければいけないので、慎重にもなるというものだ。せっかく審査委員にもなったというのに。

「腹減った。捻った足も……動くな。よし、夕飯食べに行こう」

生理的な欲求に従って身体を起こす。

「でも一人で食べるのはちと寂しい」

心情面の過不足を考慮して某所に電話する。

『はい、もしもし』

「あーわたしだ。飯を一緒に食おうじゃないか」

かけた先はわたしの担当編集だ。ホテルの近場に編集部の入っている雑居ビルがあり、気軽に誘えるような相手は彼女ぐらいしかいなかった。家族の住む地は遙か遠い。

『すいません、今忙しくて』

「では忙しくなくなるまで待とう。何時まで待機していればいい？」

『……暇なんですね、そちらは』

担当編集の声のトーンが一段階下がる。打ち合わせの態度が世間話の調子に切り替わる。

『それじゃあ、三十分後でいいですか？』

「お、なんだきみも実は暇なのか」

『今日は徹夜で仕事しないといけないんで、今の内に食べておこうって思っただけです』

遠回しではあるが徹夜作業と無縁のわたしを非難しているような口調だった。嫌みや皮肉は遠回しなものを好まない、というわたしの性格を知った上で敢えてそうしてくるのだ。

「ではホテルのB1に集合ということで。あーそれときみ、初めに言い忘れていたがね」

『はい』

「実は今のわたしは全裸で電話中なんだ。しかも開け放たれた窓に向けて仁王立ち」

『あんた担当作家じゃなかったら二秒で訴えてますよ』

通話を断たれた。わたしもこの編集が担当でなかったら口も利かないだろう。

「それでいい」

と思うのだ。利害関係があるから親しいというのを、心の拠り所にしても。それはわたしと担当編集の間にしか芽生えないものだ。愛などという誰にでもお手軽に囁《ささや》けるものよりずっと限定的で、その限定という言葉に弱い日本人なら価値があると思わないかね？


「で、なんでいつも蕎麦《そば》？」

「よいではないか」

「しかも格好がいつ会ってもアロハシャツ。季節感と温度を学んでください」

「よいではないか。鉄筋のホテルはいつも暑いし」

B1のナントカスクウェアと謳う広場にある店、『宝楽庵《ほうらくあん》』。ソバ屋でありうどん屋であり丼《どんぶり》屋であるその店をわたしは週七の頻度で利用している。毎晩とも言う。

「よく飽きませんね」

天ぷらうどんを啜りながら、向かい側の席に座る担当編集が呆れる。担当編集は年頃がわたしに比較的近い。三十代後半だったと記憶している。常に不健康そうな顔色と寝不足の目つきを携えているのは、労働基準法が役立っていないことの証明と言えよう。わたしが小説家として活動を始めて五年目のときに、最初の担当と入れ替わりの形で現れたのだが当時から不景気そうな顔つきは変わらない。不自然なほど捻くれた唇に潰れたような鼻、荒れた肌に艶《つや》の無い髪。惑星の表面のようだと評したところ、『訴えますから』と静かに宣言されたことが一度や二度では済まない。しかしわたしに作家としての利用価値がある間は無下に切り捨てることはないと確信していた。今は、どうだろうか。

「ここの蕎麦は一日ごとに味が変わるんだ」

それもどうかと思う、と担当編集がぼやく。箸を置いて調味料に手を伸ばす。店内には他に客の姿がなく、料理を出し終えた店員と店主が二人揃って座ってテレビ観賞に耽っていた。放映されているのは動物番組らしく、プレーリードッグが草原に穴を掘っている。

「原稿の調子はいかがですか？」

一味《いちみ》唐辛子《とうがらし》をうどんに振りかけながら担当編集の意地悪が冴え渡る。わたしは蕎麦を啜って間を敢えて作りながら、どう返事することでささやかな抵抗になるのか思案する。

「最近はパソコンを起動させるリハビリを始めたよ」

「わー凄い。大作家も目前ですね。ただしそれは蜃気楼《しんきろう》ですが」

「いやはは手厳しいなー」

いつもこんな態度で接してくるので腹も立たない。そもそも売れないどころか作品を世に発表もしない作家に付き合ってくれているのだから感謝こそすれ、嫌悪感など持ちようがない。しかし作家とは不思議な職業である。会社員が数年出社を拒否していたら、そもそもそれは社員じゃないと認識されるはずなのだが、わたしはまだ『作家』なのだ。

「忙しいところ悪かったね」

「丁度、渡しておくものがありましたから」

「ほう？」

お互いに麺《めん》を啜る手を休める。担当編集が鞄から取りだしたのは長方形に折り畳まれたコピー用紙で、それをわたしに差し出してくる。わたしはそれを箸で引き寄せ、ようとしたら担当編集に臑《すね》を蹴られたので大人しく手で摑む。中にはマス目で仕切られた、汚い文字が所狭しと並んでいる。

「これは？」

「読書感想文コンクールで銀賞を取った作文のコピーです。あなたの作品をその題材に選んでいるんですよ、珍しいことに」

「へぇ、一言余計だな」

確かに珍しいが。わたしの作品は毒にも薬にもならないと揶揄《やゆ》される無難な味わいに仕上がっているので、こういった風に取り上げられることはまず経験上ない。書評家気取りの頭でっかちなアホ連中にも評価された試しなどないが、その件についてはまた別の機会に語るとして。鞄を隣の椅子の上に戻した担当編集が箸を手に取り直す。

「あなたの復帰を望む人は一応、一人は確実にいるみたいですね」

そう言ってから海老天《えびてん》を齧る。ここで感涙でもこぼせば物語の大作家となる資質を開花させるのかも知れないが、生憎とわたしからこぼれるのは涙ではなく口からの溜息だった。

「一人か。一人ではなぁ、作家やってられんよ」

「このまま辞める気ですか？」

「そんな気はサラサラないが。しかし、やり直せるか不安だ」

わたしも蕎麦啜りを再開する。隅にあるテレビの音声以外は物音のない店内では、その啜る音が酷く騒々しくて、豪快を通り越して品がないように思えてしまう。恥じる。

「普段の態度は太々《ふてぶて》しいのに、作品に対しては弱気なんですね」

「自分の力量を把握しているからね。頂点に届かないと自覚している人間の努力には不安がつきものなのだよ」

担当編集は異様に長いうどんを嚙みきりながら一瞥をくれる。無言でまたうどんに目を向けたが。そう、わたしはこの世界で最も優れた作家などではないし、それを夢として掲げるような大それた人間でもない。中堅よりやや上がわたしの望める最高の位だと、とうに理解した上で作家活動を続けてきていたのだ。この世というのは、覆せない流れや在り方が輪郭となる世界なのだ。その輪郭を乗り越えること、形を変えることだけはどんな人間にも出来ない。それに気づかない者だけが夢と称してあらぬ方向を見つめる。非現実への逃避だと気づかないまま。残念ながら『夢』で『現《うつつ》』は変えられないのだよ。頭の中にある世界が、わたし達《たち》のこうして触れている世界を侵食するようなことは起こり得ない。あくまで等身大のわたし達が指先で起こした出来事が、世界を装飾するのだ。

「だが頂点を目指すだけが仕事の価値じゃない。もう一度、小説を書いて生計を立てる時期が訪れるのだと信じたいね」

「そうだといいですね。まぁそういう心配の前に原稿書き上げて送ってください」

「分かってる。……本を出すって、読者を利用する、という卑怯な行為かも知れないなぁ」

「別に利用するっていうか、買いたい人だけが本を求めるんです。だから価値がなかったらその作家は消えていくだけですよ、誰にも気兼ねせずどうぞ」

それもそうか、と担当編集の言い分に納得する。わたしはわたしの都合だけを考慮して生きて選択すればいいのか。これまで考えるまでもなくそうしてきたが、これからは自覚した上でそう行動していこう。そうすればまた、新たな作風を生むことが出来るかも知れない。毒にも薬にもならない作品を書けるのがわたしの強みだが、中堅よりやや上に舞い戻るまでは色々と試していかなければ、という焦りが心のどこかにあった。

「……なるほどねぇ」

ああ、それにしても小説が書きたいなぁ。……くくっ。

「なに急に笑ってるんですか？　まぁ結構あるから慣れましたけどね、そういうのにも」

「いやね、わたしみたいな悪人が、読者に好かれる善人を描くことも出来る。小説とは不思議なものだなぁ、と改めて思ったよ」

心にもないことが、その心から生まれていくのだ。

おかしなものだろうははは、と笑ったが担当編集は釣られて笑い出すようなことはなかった。わたしを見つめている。鼻を中心に。なんだなんだ、と困惑が曇り空を描く。

「なに？」

「いえ、なんだかんだで小説を書くのは好きなんですね」

担当編集が若干、意外そうな面持ちと口ぶりでわたしの態度を評する。それに対してなにを当たり前のことを、と今更ながらの言い分にわたしは肩を竦《すく》めた。

「好きでなければ一生の仕事にしないだろう」

ごもっとも、と担当編集がぼやく。そしてその後に一味の塊を噛んで渋い顔になった。

担当編集と別れて、ホテルの部屋に帰ったわたしはまずカードキーを差しこむ。それから落とした照明のスイッチを入れて室内が十分明るくなってから、ベッドに倒れこんだ。満腹となった腹部を手のひらで撫でつけて幸福を確かめながら、渡された読書感想文のコピーを指の腹でなぞる。紙の感触。打ち出した原稿を受け取る機会も失われて、長らく触れてこなかったその触り心地に触発されて、つい指が活発に動く。

「作文かぁ。ファンレター代わりってことで読んでみましょう」

その類の便りが届くのも久しくなかったこともあり、わたしはぼんやりと眠気めいたものに支配された上半身を気怠く動かして、天井の電灯に透かすように作文用紙を掲げた。全国で銀賞と言っていたが、それではわたしより立派なんじゃないかという冗談めかした気持ちと共に、冒頭を飾る文章に目をやる。

「なになに、」

『ぼくだけの星の歩き方を読んで

4年2組　×××××

町高幸喜《まちたかこうき》先生の「ぼくだけの星の歩き方」。これは僕の憧れの詰まった作品です。

主人公は独りぼっちの地球にいます。誰とも会えなくて絶望的です。でもいつだって希望を求めて歩いています。人と出会う希望。森の奥で光を求めるような切望。僕はその主人公の姿勢が好きです。長々と独りぼっちで。でも諦めを捨てきれないところに共感してしまいます。また、主人公は誰も恨みません。独りぼっちになった原因の人にも悪態を吐きません。自分の境遇を受け入れています。それは単に描かれてないだけかも知れません。主人公の全貌が。僕はこの作品を読んで。こうした主人公に心惹かれました。勿論、設定も魅力的です。遙か未来の地球。そこへ行った気にさせてくれる情景描写。未知の生物。だけどその物語全体を表すのは。主人公自身なんじゃないかと読んで思いました。

主人公の中にある世界。考えとか思うこと。それが日々移ろっていきます。その主人公の思いが、地球の環境以上の早さで変わっていく。それがこの作品そのもの。一番の見所。そうであると強く感じました。これはこの話に限らない、町高作品の共通点だと思います。

先生の作品は一人称が基本です。一人称でくどく感じられるほど、主人公の内面を描きます。それが現実味を一気に高めてくるのです。まるで本当の人間を。文章の奥に見ることが出来るんです。だから僕は町高先生の作品が好きです。憧れなんです、ずっと。

いつか。こんな作品を書く先生のようになりたいと思いました。それがずっと変わらない僕の夢です』

「……ほほー、わたしの作品にはそんなに深い意図が隠されていたのか」

書いた当人には欠片も自覚のない見方と論評に、つい頬がにやけてしまう。毒にも薬にもならない原文からよくここまで多様な成分を抽出したものだ。これを書いたのは相当なわたしのファンなのかも知れない。読み終えて、作文用紙の最後に残った空白を眺めながら声を出して笑う。ここまで長いファンレターを頂戴《ちょうだい》したのは久しぶりだ。締めがわたしのようになりたい、だと。もっと他に夢とするべき対象があるだろう、絶対的なものに憧れる子供の視点としては。いいのかわたしで、と申し訳なく思ってしまうほどだ。真っ直《す》ぐに描かれた憧憬《しょうけい》に、つい気恥ずかしくなって顔を逸らしてしまう。それと少し気になったのは、小学四年生にしては使われている漢字が豊富だという点だ。中学四年生か高校四年生、いや他にあるとすれば大学四年生まで上らなければいけないか。そこまで現代国語を学習した人間の漢字が使用されている気がしてならない。それに、この文体にも多少の見覚えがあった。……取るに足らない、些末なことかも知れないが。全国コンクールの審査員のお歴々が問題なしとして銀賞を与えたのだから、きっと公正な感想文なのだろう。うんうん。コピー用紙をベッドの上に無造作に放りながら目を瞑り、唇を小刻みに擦らせる。そのまま一眠りでもしようかと微睡《まどろ》み、目の前が次第に霞《かす》んでいくことにまぁるい心地よさを覚えるわたしは、しかし徐々に意識が覚醒していくという違和感に襲われる。

「ふむ？　なんだなんだ」

沸騰するような高揚感に揺り動かされる上半身を起こす。内臓が熱く、居ても立ってもいられなくなる。眠気など吹き飛び、なにかを探し求めるように左右に目玉がぎょろつくのを他人事のように不気味に感じる。なにがわたしを操作している？　唐突に訪れた閃きの光が多大な熱をわたしの中で生み出し、真昼のように煌々《こうこう》と瞼の奥で輝き続ける。その光、確かなものを求めて暴れるそれがなにを求めているのか。わたしはその正体を、まるで安定しない目玉のもたらす視界の中で必死に探して、そして遂にそれを摑む。

「これだ！」

コピー用紙を握りしめてベッドから跳ね飛ぶ。これが体熱の原料！　閃きの終着点だ！　この感想文に感銘を受けて我が魂燃ゆる！　再燃！　渇望！　小説への渇望！　などと感動秘話を盛り込んでいけば許容されるのではないか！　華々しい復帰劇！　あとがきでもこれに触れていけば！　どうだ！

「なにしろ銀賞だからな。御利益《ごりやく》ありそうじゃないか、うははははは！　……は、は」

わたしに訪れた絶頂を象徴する得意げな叫びは、壁に伝わるあの鈍重な衝撃によってかき消される。瞬《また》く間に萎《しぼ》むわたし。ダンゴムシの姿勢でホテルの床を這いながら、しかし滾《たぎ》る熱意に衰えの兆候はない。握りしめたコピー用紙に美しいものを見出し、自嘲する。

「こういうところがいけないんだ！　もっとこう、感銘！　感銘を受けて悔い改めないといけない！　今はそういう場面だでも、わたしはわたしだ！　感性が唐突に変わるわけじゃない！　だから主役になれないし頂点も目指せないんだだけど！　それに背いて目指すものがあるんだ！　その為ならなんだってする！　卑怯か？　善意を利用するわたしは卑怯だよなぁ絶対そうだ。が、知らん！」

世の中善人ばかりで回っているものか。その憤りと真実を口にする勢いで壁を殴り返した。隣人の壁殴りが不意を突かれたように停止して、わたしは益々調子づく。ジンジンと痛む手の甲。皮まで破れて真っ赤な身肉が露出する。思わず笑った。組るぞ。この作文に組って、わたしは再起を果たしてみせる。どれだけ惨《みじ》めで悪足《わるあ》掻《が》きであったとしても、中の上の作家に返り咲いてみせる。わたしは小説が好きだ。小説を書く自分の時間が好きだ。小説で金を稼いでこの世を生きている自分の生活を愛している。それを夢見るのではなく現実に浸っていたい。わたしの願いはそれだけなのだ。

「やるぞぉ。やるぞ、やるぞぉ。わたしは、終わってたまるか。終わるかボケェ！」

生き残ってやる。この作文を書いてくれた子供が本当にわたしのような作家になれるか見届けるのも楽しそうじゃないか。諦めるだろうきっと途中で諦める挫折する。そう嘲笑っているのに、まるで弟子でも持ったような心地よさが包む。そう、嬉しかった。嬉しかったのだろう。初めてじゃないか？　わたしがここまで素直に賞賛されるなんて。いいものじゃないか。誰かの薬になる文章というのも。弟子。いいぞ弟子、もっと増やそう。せっかくなんの間違いか審査委員なんだ。よし、これからのわたしの様々な目標が定まった。

「あーひゃっはっっはっっはっはっはははははっっははははっはあはっは！」

叫ぶ！　笑う笑う笑う！　吹っ切れたわたしの思考回路！　取り戻したぞ、この小説に取り組む感覚！　やーっと、頭が回転を始める！　淀《よど》んだ世界が数年ぶりに塗り変わる！

夢に振り回されず、中の上への道を邁進《まいしん》する。それがわたしの作家道だ。中腹でも空気は美味い。そして酸欠になるほど薄くもない。途方もない理想というのはお山の大将だけが味わっているが、地に足の着いた理想郷はえてして留まるものが味わうのだ。

頂上からの景色だけが絶景とは限らないのだよ、キミィ。

ちなみにこのキミとは、人の部屋の扉を突き破る勢いでノックする隣人に向けられたものであることは、説明するまでもないだろう。ま、いつも通りにわたしは悪くない。

小説道を歩み終えるまで、わたしは悪を背負わないのだ。

二次選考『すし詰めフィクション』

なんでも増えすぎると破綻《はたん》するよなぁ、としみじみ思う。最近は応募者数が更に増えて選考スケジュールが全体に遅れ気味となっている。ぼく自身、一次選考からあがってきた段ボール一杯の原稿を担当しているけど一日一作読んでも間に合わないという有様だ。

しかも編集者の仕事を優先しなければいけないので日中から深夜まで時間の隙間は連日ないに等しい。午前一時ぐらいから五時ぐらいまで、家に帰って応募原稿を読み込むという生活を健康的と考える人はそうそういないだろう。その割に毎年の健康診断では問題なしと出る。でもそれはぼくがまだ多少なりとも若いからか。何年先に問題有りとなるだろう。そんなことを休憩中に少しだけ考えて、それからまた応募原稿に目を落とす。

正直なところ、どの作品が売れるか！　という基準で評価することは難しい。それが分かるようなら二次選考まで行えば十分になってしまう。面白さの中で、そういった『これは売れる！』という確信が芽生えることはあっても、単独で成功の予感が先行することはない。

選考も時間も作品も、色々とままならんよなぁというのが最近のちょっとした本音だ。編集部の近所に借りたアパートで、寒気対策に布団を身体へ巻きつけながら凍結したような息を吐く。春はまだ遠い。この選考が終わって今年の受賞者が決まる頃の夏が恋しい。

応募者のプロフィールを確かめてから、本文の方に入る。一次選考を通過する作品は、『小説』として成立していることが前提にある。小説新人賞なのだから応募原稿が小説の体裁を整えてきているのは当然のはずなのだが、中には短編の自作ポエムを投稿してくる人もいたりするから油断ならない。他にもっと応募に相応しい賞があるだろうに。

さてこの原稿はどうかな……と冒頭から目を通していく。いくら多忙でスケジュールに無茶が生じていても、始めの十ページだけ読んで合否を決める、というようなことはしない。それでは面白くないじゃないか。小説を読むのが好きだからこの仕事に就いたのに。

「…………………………………………うん？」

半分ぐらいまで読み終えて、首を傾げる。なんだこれは。喧嘩売ってるのか。これライトノベルの賞だぞ。いや一般文芸方面狙いなのかな？　とにかく、変わっている。これで文壇デビューを狙おうという姿勢と度胸の図太さが腹立たしい。その不快さと、そして少しだけ笑ってしまう内容に釣られてどんどんと読み進めてしまう。……ほう、ほう。

これを応募してくるか、という内容なことに最後まで変わりなかった。いやむしろ最後まで読むと余計にそう感じてしまう。この大学生はなにを考えてこんな小説を送ろうと思い立ったのか。嫌な笑いが零れる。異色というか大胆。図々《ずうずう》しくさえある。だけど、こういうのもアリだなと思わせる読後感は確かにあった。納得させ得る部分が確実にある。面白さ、とはまた少しずれた感覚なのだが……うーん。これ、どうしよう。

こいつを次に進めて、他の編集者に酷評されてぼく自身も糾弾《きゆうだん》される……かも知れないけれど、こういうのも一つあっていいんじゃあ……物は試しか。

他の原稿と評価して、もしこれが残るようなら……そのときは目一杯推させて貰おう。

三章

エデンの孤独

ひょっとしてさぁ、きみって作家さんになりたいの？

小学校の同級生にからかい半分で尋ねられたことがある。それぐらい、毎日小説を書いていた。教室の休み時間にも、家に帰ってからも。作文用紙に向かわない日はなかった。

月の少ないお小遣いが筆記用具と作文用紙に全部消えた小学生も珍しいと思う。まだネットなんて夢の話だった時代の子供は、漫画やテレビに夢中だった。

『こんなのばっか書いてるから友達いないんだぜ、きみ』

隣の席の男子が、私の机に散らばる書きかけの作文用紙を覗きながら言う。嘲《あざけ》りが多分に含まれた物言いだったけれど、私は気にも留めなかった。友達がいないから煩わしい人付き合いも少なく済んで小説が書けるんだ。当時はそこまで明確じゃなかったけど似た思いを抱えて、エンピツを走らせていた。からかっている連中も無視していればすぐに私を相手にしなくなった。そうして私はいつでもどこでも、自分の世界に閉じこもる。

既存の売られている漫画やテレビに興じるより、自分で物語を作る方がよっぽど面白かった。自分でお話を生み出せば、納得いかない点や気に入らない展開、そういったものとは無縁になる。みんなみんな、自分で考えてしまえばいいのだから。

誰かに読んで欲しい、という気持ちは当時芽生えなかった。読者は自分。自分だけの物語を書き続ける。それで十分満足して、充実した時間を過ごせていた。小学六年生の誕生日には、大量のノートとエンピツを両親にねだった。両親は私が、小説に熱中して友達を作らない、誰とも一切遊ばないことを心配していたけど同時に、将来は小説家になるかも知れないと期待してノートとエンピツを買ってくれた。そうなるとますます、のめり込んだ。

エンピツを走らせることで、文字が生まれる。誰もが使っている他愛ない『あいうえお』。これを私が思い描いたとおりに組み合わせることで、特別なお話がそこに現れる。

それが堪らなく快感だった。

理解出来ない人を可哀想《かわいそう》だと思うほどに。

そんなことを中学生になっても、高校生になっても続けていた。誰とも会話せずに授業中も休み時間もノートに小説を書く。それがすぐ注目されて、小学校のときより露骨にからかわれたり、気持ち悪がられたりした。根暗とか言われたっけ。
そしてついたあだ名は小説バカ。
蔑《さげす》みと皮肉の中で生まれたその異名を、私は誇らしく感じていた。
作品への評価なんて、もっと後の大人になってから貰えば十分だもの。
あぁ、小説だけ書いて生きていたいなぁ。
学校に行くことも面倒に感じていた私は、そう願ってやまなかった。
……その夢がある日を境に、悪夢となって叶うことになる。
もし他人が『私』を特筆するときが訪れるとしたならば。
物語はきっと、そこから始まる。

壇上を浮かび上がらせる強い光の中に立ったのは二度目だった。光の波に全身が焼かれそうで、その一方で溺れるような息苦しさも伴う。光の海は私に業火と海底の責め苦を同時に与えてくる。その苦痛に耐え抜いて胸を張った先に、かつては賞賛と栄光が待ち構えていた。今も『伊香亜紀《いかあき》』は惜しみない拍手で出迎えられて、表彰されようとしている。

カメラのフラッシュの光に狙われて一層、慌ただしい雰囲気が会場内を包む。紹介に与《あずか》った彼女が申し訳なさそうに頭を下げながら現れると、鳴りやむ瞬間が想像出来ないほどの拍手が響き渡った。もう痛まないはずの鼓膜が、その時ばかりは震えた気がした。

私はとっくに表彰台の脇に立っているのだけど、誰も注目してくれない。彼女がぺこぺこと腰を過剰に低くしながら歩いてくるのを、光の痛みの中で待つ。薄い身体は照明の輝きを透過するか、或いは呑みこまれて消えてしまいそう。掲げた手のひらを透かして見ても、熱く滾る血潮はどこにも見当たらない。それでも私は、ここにいる。

慣れていそうもないフォーマルスーツで着飾った中年女性が、光の渦の中心に辿《たど》り着く。表彰台の空いた脇に立って、壇の下へもう一度深々と頭を下げる。それに倣うようにして私もお辞儀する。注目と光は私に一切届かず、反対側に立つ中年女性を浮かび上がらせる。

夢のような場所には、夢よりも不確かな私。壇に立っている感触もないまま、心の中にくすぶる感慨を焚《た》きつけようと表彰台を見やる。既にそこには今日の為のトロフィーが用意されている。後は受賞に際しての挨拶を済ませてからそれを受け取るだけだ。

表彰台の係の人がマイクを用意して中年女性に場所を譲る。中年女性は自分が歩いてきた舞台裏を最後にもう一度、懇願でもするように振り返る。そこには彼女の求める相手はいない。目の前にいるのに、気づけない。

そして中年女性は台の前へ立つ。

夢の集約するその場所で、私への賞賛までも奪うように、全て受け止める。くすぐったそうに。栄光を摑んだ歓喜に溢れて。

『伊香亜紀』という『私』。小説家としての名前と、今ここにいる私。

二人の実体なきもの、『幽霊』を大勢の人間がなんの躊躇いもなく祝福する。

その過剰な熱気をめいっぱい取りこむ真似をして、正面を見据える。

そこに『浮かぶ』ノートパソコンに一度頷いてから、一歩前へ出て。

そして。

そして、

時を遡ること、授賞式より二ヶ月前。

私は空に浮かびながらキーボードを叩くのも些《いささ》か飽きてきたので地上に降りること

にした。普段は自然と宙に浮かんでしまう私だが、歩くという意思を持って降りればなぜか地面を踏むことが出来る。なかなかに都合の良い生態だ。もっとも今の私が生きているという範疇《はんちゅう》に収まるかは微妙なところだが。恐らくだが、死んでいるわけで。

他の人間の目に映らなくて触れることも触れられることも叶わなくて、宙を自由に浮いたり五年ほど眠れなかったり飲食物の一切を断っても生活が破綻しない病気や症状がこの世で確認された様子はないので、つまるところ私は霊魂というやつなのだろう。

趣味の悪い日本車が走り抜ける道路の上空で横になりながら、自らの尾を呑みこもうとする蛇のように身体を丸めて同じく霊魂となったノートパソコンを叩くのが死んでからの私の日課だった。気に入っていたスミレ色の浴衣《ゆかた》を着ていた日に事故死したのは幸運だったのか、死後も格好はそのままだった。派手に轢《ひ》かれたはずだが浴衣は破れていないし私自身も損壊している箇所はない。私は本当に死んでいるのだろうか、と時々不安になる。

ノートパソコンを空中に残したまま、道路の中央に立つ。左右の道路は丁度、青信号になったようだ。団子のように連なっていた車たちがのろのろと動き出す。しかし、それが憎らしいったらない。どいつもこいつも私を遠慮なく通過するのだから。

スッカスッカと通りすぎていく多種多様な自動車。私に一切視線を向けない運転手たち。私が死んでいるから良かったものの、もし生きていたら、何度無残な死に様を見せつける羽目になることやら。通りすぎる車と運転手に対して腕を伸ばし、ラリアットを敢行する。

「おりゃー、だりゃー」

適当に発声する。定期的に行わないと声の出し方を忘れそうになる。出せたところで、声が誰かに届いた試しは一度もないのだけれど。それでもこれ以上、死人に近づくのは良い気分じゃない。まだ生きている部分もある、そう信じて毎日をやり過ごしているのだ。

素通りされるのも飽きてきたので道路に座りこむ。膝を立てて抱えて、目を閉じる。地面に触れている感触がお尻にない。それどころか自分の身体に触れる感覚も失われていた。

身体が繋がっていることもどこかあやふやで、信用がおけない。そりゃ一回派手に吹っ飛ばされたからねー。誰かが見せかけだけ整えてくれたのかな。神様とか天使様？

生憎とそんなお偉いさんどころか、同じ境遇の霊魂にだって会ったことがないけど。

五年もこの道路にいれば事故死の場面に立ち会うことは幾度もあった。けれど圧死した運転手や子供が幽霊となってその場に留まり、『ヤァコンニチハ』とご挨拶に発展することはなかった。完膚《かんぷ》無きまでに潰れた自動車が処理された後に残るのは、事故の跡だけ。

誰かが大切な人を喪失した証《あかし》が、現実に深々と爪を立てるだけだった。

「ちくしょー、どうなってんだ私はー」

目を閉じていると、自動車の走行音が覆い被さってくる。後頭部にヴェールが載るみたいだ。品のないヤジが飛び交うようにも聞こえてくる。だけどその音をジッと受け入れていると、振動で耳たぶが揺れるような錯覚に陥ることが出来る。なにかが私に触れた、気にさせてくれるのだ。そんな風に、死人が生きている実感を求めるのは滑稽かしら。

頭上で音が鳴る。短い、幼稚な電子音。ノートパソコンに初期から設定されている、電子メールの受信音。それを聞き逃さずに、私は顔を上げた。すぐに立ち上がって、地面を蹴るようにして宙に浮かぶパソコンの元へ向かう。その音だけが私の感じられる『他人』。

私だけの為にある音はもうこれしかない。

二秒も保たない至上の音楽とは、泣けてくるわね。

小説にしか興味のない、小説バカ。そんな生き方をこの歳になるまで続けてきた。その結果、或いはご褒美《ほうび》が私をこの世に繋ぎ止めているのかも知れない。そんなことを、時々考える。

私が覆面作家として活動、せざるを得なくなってから五年の月日が経つ。眠れなくなってから、食事を取らなくなってから、まばたきをしなくなってから。つまるところ生理現象の一切を失ってから、五年間。私は道路の上空に住み着いている。

事故に巻きこまれたのは、少し冷えこむ四月の深夜。担当編集と出版社で打ち合わせた帰りに、駅から家へ向かう途中だった。車が滅多《めった》に通らない交差点の信号が赤から青に変わるのを、一人きりでぼーっと待って。

桜の花びらが散って地面に張りついて、誰か掃除しなさいよーとか考えていた。で、気づいたときには自動車が歩道に突っこんで来ていた。大型ではないけど軽でもない車だ。

それを避けるとか、そもそもなにが起きているか把握も出来ずに私は潰された。自動車と、歩道に立つ柱の間ですり潰された形となる。潰される前も後も、痛みは伴わなかった。

ただ無声映画に登場した人が、前触れなくドーンと押されるのを眺めているような。実感と奥行きの湧かない衝撃に身体を動かされただけだった。そのまま更に、柱と一緒に吹っ飛ばされて私の原形は一気に失われる。最後はミンチ寸前に陥って、そこでようやく止まった。その頃には呼吸をしようにも全身が動かなくて、少し息苦しさを覚え始めたらすぐ今の幽霊状態に移行してしまっていた。客観的に自分の死をぼんやり眺めていたわけ。

死の間際の苦痛を省けたのは運が良いのやら、悪いのやら。いやいや、不幸中の幸いってとこね。というわけで、私はヒジョーに呆気《あっけ》なく、かつ運悪く死んじゃった。

車の方はボンネットが派手にひしゃげていたけど運転手は無事みたいだった。打ったのか額を押さえながら、運転席を飛び出してくる。そしてボロ雑巾《ぞうきん》以下の私という惨状に悲鳴を上げた。乗っていたのは若い女だった。顔に化粧気はないけど目の下のクマが酷い。

そしてなにを考えたのか、その女は私を夜叉《やしゃ》の形相で拾い上げる。ちぎれかけている部位も全て回収して、それ（私）を車の無事な後部座席に押し込む。そこで女がどうしようというのか、見当がついた。逃げる気だ。轢き逃げというやつ？　あ、でも死体を拾っていっちゃったから轢きっぱなしではないね。そんなことを上空から眺めていた。

そこでようやく私は遅まきながら、自分がお空に漂っていることに気づいた。三人称の小説を書きすぎた影響なのか、こう、神の視点で現場を眺める感覚に違和感を覚えなかったのだ。要領は分からないけど道路に降り立った私は、若い女の行動を制しようと声をかけた。その咄嗟に出た言葉が『私を返せ！』百鬼丸《ひゃっきまる》じゃないんだから。しかも声は届いていないみたいで、若い女は一切の反応を示さない。そのまま颯爽《さっそう》と前面の潰れた車に乗り込み、逃げ去ってしまった。『待った、せめて浴衣を！』お気に入りだから必死だった。

私は自然と宙に浮かんでそれを追いかけたけど、車ほどの速度が出せなくてすぐに見失ってしまう。呼吸に乱れはないのに息が切れたような仕草を自然と行い、諦める。

その後に『うわぉ、浮いてる！』と激しく驚愕した。気づくのおせー。当時は十二歳の息子のそんな幻聴を耳もとで聞いた気がした。萎《しな》びた花のようにするすると地面へ降りて。

『さてどうなってんだ私は』

頬を感触なく掻いたのであった。

自分が死後の世界の住人であると認めたのは、それから三日ほどの時間が経過してから。

その三日ほど、様々な事柄を諦めて絶望した期間は生涯ないと思われる。

……ま。その話はさておき。

そして私の第二の人生が始まって……るのかな？　持ち運んでいて一緒に砕け散った白いノートパソコンは、死後も私の相棒として稼働中。そう、小説を書いて送る為に。

何者にも触れられなくなった私だけど、なぜかノートパソコンのキーボードを叩くことは出来る。物書きとしての経験のたまもの？　いやいやそれなら、家族にも触れられるはずでしょう。そう文句をつけたくもなるけど、小説バカとして生きてきた私に死後も許されるのは、物語を紡ぐことだけみたいだ。バカは死んでも直さなくていいらしい。

ノートパソコンは電子メールを送受信する機能もあって、至れり尽くせり。これで担当編集や家族と連絡を取ることだけは可能だった。そこに幸運……というより、奇っ怪な巡り合わせが重なることによって覆面作家、『伊香亜紀』の活動は続くことになった。

なんというか、あの女が轢いた死体を持ち去ってしまったせいで、どーも私は轢死《れきし》ではなく失踪《しっそう》扱いにされてしまったようなのだ。死後、三日の間に自分を取り巻く状況を把握した私は、その事実に大いに悩んだ。どういった内容のメールを送ればいいのだろうと。

死にましたと家族に告げればいいのか。轢き逃げ犯と車の特徴を教えればいいのか。それでなにが変わり、終わるのか。錯乱したのか、新規のワードファイルを立ち上げながら葛藤し続け、そして真夜中に結論を出した。失踪したことにして創作活動を続けようと。

死んだ人間から送られる原稿より、失踪して表舞台に現れない作家が書き上げた作品を発表し続ける方が、まだ現実味があって受け入れられるだろう。軍配はそう下された。

轢いた女が警察に確保されて死体が見つかってしまえば、大人しくこの世から身を引こうとは決めていた。いや近い将来そうなるだろうって予測もしていた。だから気楽なもので、悪あがきぐらいの感覚で小説を書き始めた。三日も小説を書かなかったのはこれが初めてだ、と遅れを取り戻すように。最後の晩餐《ばんさん》を意識して、キーボードをカタカタ。

……そして、なぜか五年経ってもカタカタ継続中となっている。あの女もあまり若くなくなっていることだろう。私の死体だって白骨化しているだろうし、息子は今年で十七歳。

五年前より小説は一層売れるようになり、対談やメディアミックス企画も飛びこんでくるようになった。メディアへの露出を求められることもあって頭を悩ませる機会は増えたけれど、その都度、強く拒否して乗りきった。煩わしい半面、嬉しさも跳ね上がる。

他人に自分の作品が評価される喜びを、大人の私は強く求めていた。

一度その味を知れば、抜け出せなくなる。

浮き上がった空は少し散らかっている。打ち合わせて修正箇所が多量にメモ書きされている原稿が、バラバラと宙に浮かんだままになっているから。とっくの昔に用済みになったその原稿を拾い集めて整理する気になれず、放置してある。空から舞い降りてきた原稿、といった具合にそれなりの絵になっているし。青空を背景にすると神秘的だもの。

宙に放置していたノートパソコンを摑んで引き寄せる。宇宙空間にある物体を手に取るような感覚だ。私にもノートパソコンにも実体がない。星の理《ことわり》である重力が働いていない。

私に残っている確かなものは、小説だけ。

最近は息子からのメールも途絶えてしまった。今は十七歳となるはずの息子は、どうあっても家族と会おうとしない偏屈な母親に愛想《あいそ》を尽かしたのだと思う。旦那《だんな》も私宛《あて》にメッセージを送ってくる頻度が減少しつつある。新しい女でも出来たのかしら。確認する勇気はないけど。私自身、家族になにを話せばいいのか戸惑い、メールを送信しづらい。

今も、受信したメールの差出人は担当編集だった。先週末に送った新刊の原稿への感想と、修正箇所を纏めたメモ帳を送りつけてきている。電話や、直接会っての打ち合わせは私からかたくなに断っているので、五年前からこういった形を取っている。

著者校も全部、メールに指摘箇所を記載して送って貰っていた。

「うげー、今回も多そう」

担当編集との付き合いも長い。私がデビューして以来、ずっと同じ顔を突きあわせている間柄だ。気心も知れていて、メールの文面に砕けた口調もめだつ。今となっては唯一、定期的な交流を育《はぐく》む相手となったわけだから余計に尊い。……私も弱くなったなぁ。

子供の頃は友達なんか一人もいなくて平気だったのに。小説だけ書いていればそれだけで幸せだった。そう願ったこともあった。今、その夢が叶っているのに。どこか寂しい。

『追伸特記！』

「うん？」

メールのお尻に行を空けて、そんな報告がくっついている。マウスのホイールを指でコロコロ回して、画面を下にスクロールさせた。不用意に。心構えも特になく。

特記とあるから、またメディアミックスでも決定したのかなーとその程度の期待で。

『先生が去年に出した『孤独のエデン』が念願の○○賞を受賞しました！』

「……はい？」

声を裏返らせながら更にスクロール。

『やったぜ！　夢が叶いましたね！』

担当編集と夜通し話し合った、途方もなく調子だけ良い夢。

累計一億部ぐらい突破！

全世界で翻訳版発売！（南極含む）

ナントカ賞受賞！　むしろ賞総ナメ！

無責任に膨らませた夢の風船が、派手に弾け飛ぶ。

『それでご相談ですが、授賞式には姿を見せられたらいかがでしょう！　私も久しぶりに伊香さんにお会いしたいですし！』

液晶の中で軽快に躍る担当編集のお祝いメッセージ。その駆け上がる勢いの踏み台にでもされたように下降していく、私の気分。打ちのめされたように宙に、大の字になる。

「……うそーん」

平穏を乱すもの、再び。

不意に訪れる自動車の幻影に、意識が轢かれる。

「嘘でしょぉ……」

夢は夢のままでいいのに。

あやふやな私に、確かなものを与えないで。

日が沈み、夜になっても落ち着かなかった。高揚感と動揺がせめぎ合い、ザラザラする。

いつか見学したコンペイトウの製造過程みたいに、釜《かま》の中をぐるぐると思考が回る。勿論、その釜の材質は頭蓋骨《ずがいこつ》。頭の中でかき回される感情の核が、ザラッとした音の出所。

夜の道路を駆ける自動車のランプに時折、全身を照らされる。瞼を貫く光に眼球が疼く。ような錯覚。実際は瞼や目玉が微動だにすることもない。死者は光を追いかけないのだ。

ゾンビの氾濫《はんらん》する小説で、まばたきの有無で人間との見分けをつけるという内容があったことをふと思い出した。それならば私は透明ゾンビというところなのだろう。

ノートパソコンと、原稿。そして私。この三つで輪を描くように宙に浮き、漂っている。支えもなく無重力の中で身体を横に倒すことに最初は慣れなかったけど、今は安らげる姿勢の一つになっていた。安らぎと言っても、疲労の概念はこの身体にない。あるとすれば、心の疲弊だけ。昼間のメールはよほど強烈だったらしく、まだ立ち直れていなかった。

瞼を開く。夜に抗うビルの強い光が正面から届く。私と水平の高さにある窓の側で、煙草《たばこ》を吸って、道路を見下ろしている会社員の姿もあった。無論、私に気づくはずもない。

「授賞式……に出ても同じことが起こるんでしょうね」

誰一人、私に注目することは出来ない。無断欠席扱いとなって各所からの怒りを買うだけ。そんな光景が易々《やすやす》と想像出来てしまう。となれば対談やインタビュー同様、出席を固辞するしかない。なにいつも通り。死んでからいつもやってきたこと……なんて、簡単に割り切れるものじゃなかった。やっと盛大に評価してくれたのだ。それに応えたい、担当編集者と喜びを分かち合いたい、という気持ちが強く芽生えて、ぐずる。

この授賞式が、私の限りなく不安定なこれからを大きく左右する。死後、五年間の中で訪れた最高の起伏には、それを確信させるほどの存在感があった。この授賞式に対する参加は、単に出席を確かめられているだけじゃない。

今の私が、何の為に小説を書いているのか。それを問われているのだ。

ここで富と名声の為、と答えれば私は美しいものではなくなるのだろう。少なくとも周囲は私に気高さを覚えない。何故なら富と名声を求めているのはそうした、周囲の人も同じなのだから。同じ目線にあるものに、高さなど感じるはずがない。

　私は富や名を求めているのか。少なくともお金に関してはこの暮らしを続けていくなら無用の長物である。印税の振り込みも旦那の口座宛になっているから、幾ら稼いでいるということも把握していない。だからお金の件については旦那や息子が不自由なく暮らせているならそれでいい、と結論は以前に出ている。

　じゃあ、完全ではないにせよ与えられる他人の評価についてはどれくらいの価値を覚えている？　受賞を喜び、葛藤するぐらいだから無価値とは言えない。岸辺露伴《きしべろはん》みたいに面白い創作物を提供したいだけ、とは徹底出来ないものだ。子供を辞めてしまったから。

　小説バカの私はもう自分の中にいないのだ。思い出で語るしかない。職業として著作を出版した時点から単純な創作への喜びや愉悦は失われてしまっている。面白さの対象が自分だけではなく、周囲にも広がった。欲を出したと言えるし、綺麗事で語るなら、共有の意味を見出した。共有は一方的じゃない。普段は私から娯楽を発信して、それを喜んで受け取ってくれる人がいる。そして今は周囲が、賞を私に与えて喜ばせてくれようとしているのだ。

る。

それがこの手の側まで来たというなら、摑めないことを承知でも手を伸ばしたくなる。

評価の極み。

……だけどそれは往生際の悪い私に対する罠《わな》。

釣られて伸ばし、なにも摑めない私を授賞式で笑うつもりだろう。

この世の生死を司《つかさど》る、大きな何かが。

そして、人を生き長らえさせる長寿の薬である『夢』が。

「………………………………」

受賞について、息子は喜んでくれるかな。私がそう意識して小説を書いていたのは息子が小学生の頃の話だ。今では、受賞したと聞いても大した反応を見せてくれないかも知れない。どうでもいい、の扱いに私がぶち込まれているとすれば。

旦那に告げれば形式上か本心、どちらか定かじゃなくても確実にお祝いのメールを返してくれる。私が興味あるのは、不確定の塊。不仲と疎遠《そえん》を兼ねる息子の方だった。

生前にも、家庭の関係性を疎《おろそ》かにする私を『小説バカ』と罵《ののし》ったことがある。私の学生時代のあだ名をどこかで聞いたのか、それとも偶然か。幻聴が脳を揺らす。ホームシックに似た症状が私を襲った。息子との記憶を更新したい。十二歳から新しいものが一切、家族に関しては与えられていない為に、私は飢えていた。その飢餓《きが》が私の手足に行動を強制する。

輪から外れて、ノートパソコンの元へ泳ぐ。摑んで引き寄せた白いパソコンのデスクトップに表示されている、メールソフトへのショートカットをクリックする。ちなみにこいつはメールとワープロの機能はあっても、その他は一切使用出来ない。DVDドライブは一応あるけど、私が摑めるCD類が存在しないのだからどうしようもない。

メールソフトのアドレス帳に登録されている、息子の名前をクリックする。携帯電話のアドレスなので、変えていたら連絡の方法は途絶える。諦めもつくかも知れない。

変えていること、変えていないこと。両方を願うという矛盾を内包しながら、キーボードに指を這わせた。

『なんかね、賞貰った。〇〇賞。今度授賞式があるんだって』

文章を書くのに十秒。

送信をクリックするまでに五分以上かけた。

震える指がマウスを握り潰すように摑み、過去の経験から感触を引っ張り出す。ガチガチに筋肉が固まる感覚を心が補う。えぇいこういうところに臨場感はいらん。

目を逸らして人指し指を動かした。そうすると指を動かしたのか押したのか、なにも伝わってこない。それでいい。送信したかもあやふやなまま、マウスを操作してメールソフトを画面から消した。すぐにパソコンから離れて、また空に浮かぶ幽霊環の一部となる。

その後はずっと寝たふりをして、パソコンから一生懸命意識を背けようと努めた。だけど耳は研ぎ澄まされて、二秒の至高の音楽が奏《かな》でられるのを夜通し待ち侘《わ》びる。日が昇ろうとも目を瞑り、諦め悪く夜明けを遠退かせて。

そして、息子からの返信など一度も訪れないまま、この日がやってきた。

五年二ヶ月と幽霊としての生活記録を伸ばした私は、授賞式の会場であるホテルに誰よりも早くやって来ていた。重力と眠りのない幽霊に早起きの概念などない。日が昇りきる前の早朝でも欠伸が零れないのは少し寂しいところではあるけど。

「しかしねぇ」

あれからずっと、二ヶ月後の出来事に一喜一憂していたけど、その間、私がこうして居続ける確証はどこにもなかった。五年の幽霊暮らしですっかり楽天家に傾いたものだ。

『今日、授賞式ですね。めでたい！（笑）』

ホテルの側までやって来てから、空中で一時停止。担当編集の携帯電話のアドレスに応援メールを送信する。私は先月、担当編集に『授賞式を辞退します』と返事を送った。行きますといったところで無駄なのだから、担当編集や他の人に迷惑はかけられない。

だから壇上で表彰されるのは、同時に受賞したもう一人だけ。そいつは私の友達で、同じ時期にデビューした作家だ。だからめでたいし腹立たしいし、というわけで私もこうして、ホテルの前までやって来ている。それがいつもと違うところだ。

直接的に私に向けられなくとも、褒められるわけだからその現場に居合わせてみたいじゃないか。なにしろ将来、他の賞を取れる保証は全くないし。私自身もあやふやだし。

いやぁ、私も浅ましくなったものだ。ははは……というのは動機の半分。

本当は家族が授賞式の会場に足を運んでくれるか知りたかった。小説バカの私にも家族がいる。自分なりに大事に思う。相手はどうなんだろう、と気になる。そんな心境。

もっとも、五年以上会っていない母親を家族の数に勘定してくれているか不安なのは事実だけど。やっぱり死んだことを最初に言っておくべきだったかな。

死亡して幽霊となった直後、家族に私の現状を告げれば、一緒に暮らす『モドキ』なら出来るかも知れなかった。だけど存在があやふやで、いつ消えるか保証がなかった私は家族との距離を置いた。恋しくなりそうなので生活を覗くことも、干渉も避けた。

今となってはそのことに後悔しているけど、もう遅い。

きっとあの頃の、肉体失いたての私は今よりずっと『小説バカ』だったのだ。

荘厳《そうごん》な入り口の前まで回って地面に降り立つ。その時、タクシーに轢かれたけど運転手も後部座席のお爺《じい》さんも無事そうだった。振り返る様子もない。よし、今日も透明だ。

いらっしゃいませと誰にも歓迎されないままホテルに入る。自動ドアも無反応だ。すり抜けて入った先には閑散としたロビーが待ち構えていた。ピンク色の質の悪いカバーが張られた椅子がそこら中に備えつけてあり、床は大理石。所々にそびえる柱も同じ材質みたいだ。エレベーターの側にある液晶だけがぺかぺかと発光して、ホテル紹介の番組を流し続けている。見る者のいない、自己満足の放出。あの液晶は昔の私と大差ないことをやっているわけだ。こんな生活が続くようになると、人間よりああいった無機物の方に親近感を抱く機会が増えてくる。

桃色の椅子に腰かけて、液晶画面と向き合う。社長と紹介されたおばさんがホテル自慢を垂れ流している。すっげーつまんねー。紹介であり娯楽提供でないにせよ、もう少し他に話し方があるでしょうに。……大差ないけど、やっぱ違うか。私はお話を作ることが出来るけど、液晶画面はそれが許されない。人間で良かった、と生前の出自に感謝する。

授賞式会場はホテルの地下二階。時間はまだまだ有り余ってる。私にとっての時間の概念はもう原稿の締め切りしかないから、待たされることが本当に苦痛だ。

「精神はどうあれ、生活自体は小説バカそのものね」

友達もノートパソコンしかいないし。今日も小脇に抱えてきたそれは電気も無しに毎日、よく動いてくれる。本日は執筆活動も休みなのだから、空に浮かべて羽でも休ませてやりたいところだけど流石にそれは不安だった。手元にないと、いつ消えてしまうことか、と。

ある日、まるで夢のように。

「……あんたには感謝してるよ」

ノートパソコンの表面を撫でる。まだ多少は息子と繋がりがあった頃、執筆用のデスクトップのパソコンが故障したので買い換えについて相談したら勧められたのがこいつ。機械類に詳しくない私は躊躇いと検討なく購入に踏み切った。幽霊仲間もいないのだから、私が他人と繋がる術《すべ》はこいつしかない。買っておいて、良かった。

心からそう安堵《あんど》する。故障しないかどうかが心配だけど、幽霊だから大丈夫、と信じたい。もしこいつが一緒に幽霊にならなければ、私は五年間もなにをして過ごせば良かったのか。私生活の覗き行為に走っていたかも知れない。それはそれで結構面白そうだと一瞬思ったけど、それでは生産性がない。私が楽しいだけ、というのはもう終わりを告げたのだ。それの功罪なんて語らないけど、しかし大人になって思うのだ。なにかを生み出せなければ、この星にいる理由がない。

たとえ、幽霊でも。

そうやって、ここにいる『意味』が欲しいと願うのは、本来は忘れ去られるしか道のない死者故の渇望なのかも知れない。死んでも貪欲《どんよく》さが失われない欲深き人間に、幸あれ。

居眠りも出来ない時間を長々と過ごした。

ババァのホテル紹介が十五回はループした。

テレビ観賞している客室に忍びこんで時間でも潰してやろうかと思った。

外から帰ってきた外人客が私の上に座ってきたので逃げてロビーの天井を漂っていた。

天井の隅にクモの巣が張られていてその生命力と棲む場所を選ばない姿勢に驚嘆した。

いい加減、この格好で四肢を広げても気にならなくなってきた。

今日どころか五年前からずっと、この日を待っているような気がした。

最後は結局、小説の次回作のネタと最新作の評判について心配していた。

会場に光が灯る。人が集う。ぐるぐるうろうろ、人が動き回って授賞式の準備を進める。私はそれを上空から眺めて感謝の旨《むね》を一人一人に告げていく。途中からは知った顔も混じるようになってきた。以前、デビュー当時の授賞式で顔を合わせた先輩作家たちだ。

同期の友達もいた。なにしに来たんだテメーと絡んでやったけど当然のように無視された。ノートパソコンで殴りつけてやったけど綺麗に突き抜けた。むしろ私がつんのめってそのまま床に潜りかけた。やっぱ無理か。友達もちょっと老《ふ》けていたし。私は五年前から容姿も一切変わらないし髪も伸びない。勝ち誇ってやった。勝ったのに虚しかった。

賑やかな会場の中心に立つ。行き交う人が交差して左右に消えていく様は町の交差点みたいだ。その歩いている人の中に、数年前に復帰した作家先生もいた。文章は思慮深いというか細かい癖に、口から出る言葉は乱暴でいい加減な人だ。一回だけ作家同士の飲み会に付き合わされたことがある。今はなにかの文学賞の審査員もやっているらしいけど、あんな人に務まるのかな。

新人作家と自分より売れてるやつはもれなく私より年上になれ、とか言ってる人なのに。

それなら妬まなくて済む、とか酔っぱらって話していた。ほんと、おかしな人。

作家連中は専用の控室があるからそっちに消えていく人も多い。私はそっちを覗いてみる気にはなれなくて、ずっと会場にいた。旦那と息子が来るとしたらこの会場以外に考えられないからだ。しゃがんでノートパソコンを起動させて、メールの確認を行う。担当編集から返信があった。『会場には私行きますから』と書いてあった。へぇ、と見渡す。

会場にはいないから、作家用の控室にいっているのかも知れない。それと息子からの返信は予期していたけどなかった。私は宙に浮かんで、ノートパソコンを手離す。

表彰台から真っ直ぐ見据えた場所に浮かばせて、私の雄姿を見届けて貰うことにした。

「そう私は、」

壇上に立つ。勝手に、というのもおかしな話だけど。誰にも気づかれなくとも。

夢の舞台で、光を浴びる。……その為に、来たのだ。

家族に、息子にその姿を見せつける。

その家族が一向に姿を現さないまま。

準備は終わり。時間が来て。軽い挨拶が始まり。

そして。

思い返すことが全て終わって。

……壇上での『そして』に至り。

一足早く上がった私が光に翻弄《ほんろう》されて。

同時受賞者の挨拶が始まるその瞬間。

『全裸』の私が一歩、前に出る。

寒さもない。熱もない。羞恥心はあるけど騒がない、ざわめかない。

素っ裸なのに！

……そう、私は裸でこの会場までやってきていたのだ！

どじゃーん！

「…………………………………」

昔から、逆ゲン担ぎが好きだった。こういう場面でアレが起こって欲しくない、という状況に持っていくと不思議と、それが起きる。ボードゲームでサイコロの目が、1が出て欲しくないときに限って1が出る。私の運はそうして追いつめられると、思い描いたとおりに昔から働いてきた。今回もそのルールを信じて、全裸で「やってきました！」

大声で吠《ほ》える。大の字に腕を広げて。挨拶を控えて静まりかえった会場を占拠する。なのにだーれも、格好にも叫び声にも五感が反応しない。おずおずと話し始めた同時受賞者に注目して、首が動こうとしない。くそぅ、と表彰台の真ん前に立った。

この日の為に考えてきたとっておきの挨拶が、私にはあるのだ。

「『本日はこのような望外の賞を頂き、真《まこと》にありがとうございます』」

同時受賞者の挨拶と声を被せる。文面も第一声だから予想がついて、まったく同じ。

拍手が湧く。弾ける音が私を通過して同時受賞者に届く。ふふん、とそこで私は腰に手を当てて笑う。悪くない。この拍手喝采《かっさい》に包まれる感覚、いいね。朝礼台の校長先生の気分だ。

見ているか、担当編集。夢を叶えている全裸の私を。見ろ！　裸を目撃しろ！

拍手が潮のように引く。それを見計らって受賞者が次の言葉に移ろうとする。その内容は大体予想がついたけど、ここからは私独自の挨拶が始まる。

私だけの耳でもいいから受賞者の挨拶をかき消すように、腹の底から叫んだ。

「今日は新作小説を発表しに来ましたー！　ちょい短いッスけどねー！」

よし、受賞者の挨拶がまったく聞こえない。マイクに勝ったぞ、私の口が。

「タイトール！　エデンの孤独！」

受賞した著作のタイトルをひっくり返しただけだった。でも今の私に相応しい題名なんじゃないだろうか。孤独。私は独りぼっちでしかも裸だ。いや後半は自分の意志だけど。

背後で同時受賞者がわーわーうるさくなってきたので、それをかき消す為に早口で『小説』を被せる。そこから始まる短編は、ある小説家の物語。

偉大な賞を受賞して幸福絶頂となりながら、それを完璧《かんぺき》に受け入れることは出来ない苦悩に悩まされる、孤独な人間の情けない心情を赤裸々に語るもの。

「時を遡ること、授賞式より二ヶ月前。私は空に浮かびながらキーボードを叩くのも……」

ここ二ヶ月の生活を紡ぐ、私の喉と唇。空気を取りこまなくとも在り続ける私はきっと、宇宙でも窒息《ちっそく》と無縁なのだろう。いくらでも喋れる。息継ぎがまるで必要ない。語り続けることは、何処《どこ》までも海底に沈んでいくような行為に等しかった。

滾々《こんこん》と、言葉が溢れ出る。スッカスカの私の何処を絞れば小説が生まれてくるのか。脳も無い私が一体どうやって世界を知覚しているのか。不条理で、ナンセンスで、世の中分からないことがいくらでもある。人間やめても、人間の謎は一つも解けない。

だから、良いのだ。だから私はこうして全裸でやって来た。謎に満ちた地球にいる私が、謎の奇跡とか夢パワーで会場にいる誰かに認識されることだってあるかも知れない。

未知は良悪、どちらに転ぶか分からない。だから賭けられる、何もかも。

「目を閉じていると、自動車の走行音が覆い被さってくる。後頭部にヴェールが載るみたいだ……」

私は小説が好きだ。小説を書くことも、小説を読んで貰うことも。言葉で世界の輪郭を作り出すことに堪らない快感を覚える、一種の変態だ。ストリーキングの時点でほとんど変態とかそういうことじゃなくて。小説フェチと呼んじゃってもいい。
だからこんな場でも意見を発表しろと言われたら、小説を語るなんて発想に行き着いてしまう。私は自分を小説でしか語れない女なのだ。その所為で家族から『小説バカ』の罵倒を頂戴する始末。救いようがない。だから救われず、こうして幽霊となっているのかも知れない。もしかしたら小説を書き続ける限り、私は成仏《じょうぶつ》を許されないのかも。

「いつか見学したコンペイトウの製造過程みたいに、釜の中をぐるぐると思考が回る……」

小説と無縁になる時が、私の死に時。
そんな誓いを無謀に、向こう見ずに立てていた過去の私。
今、その誓いを果たそうと霊魂が現世にしがみついているのか。
だとするなら、私は。

「……あ」

小説朗読が途切れる。黒い言葉が逆流して私の喉に蓋をするように。私の小説バカに対抗出来る唯一の存在は、『家族』しかない。その家族が、失われた私の呼吸を取り戻させる。息苦しさ。順調に沈んでいた海底で溺れる業苦。がぼがぼと血が耳の側を流れこんでいく幻聴は、同時受賞者の挨拶によってもたらされたもののように思えた。

私の息子が、授賞式会場の扉を押して現れた。壇上から遙か遠い入り口に寄りかかるようにして、こそこそと入ってくる。それは確かに、十七歳になった私の息子だった。

まるで誰かに見つかることを恐れるように腰を低くした息子が、壇上を眩しそうに見上げる。手でひさしを作るようにしながら、上げた顔は旦那によく似ていた。

背丈が以前より見違えるほど伸びた息子に、手を差し伸べる。人間の肉体を保とうとする不便な身体は、人体の常識を超えて細長くなることはない。壇上から思わず飛び降りていきそうになったけれど、息子の視線が表彰台に釘付《くぎづ》けとなっていることに気づいて硬直する。たとえ目前まで近寄っても、息子は私に気づけない。気づかない、だけど。

ここにいれば、息子は私を見ることが出来るのだ。

「そして、息子からの返信など一度も訪れないまま、この日がやってきた……」

小説の発表を再開する。途中からで、息子がもし聞けていたとしても合点はいかないだろう。そうしたら、何度でも話そう。家族が催促してくれるなら、幾度でも。

時間も吐息も私には無限にあるのだから。

身振り手振りを交えた所為で照明との角度が変わる。強く頭上を照らす光。その光に目を細める。そこに、私をここまで連れてきた夢が潜んでいる気がしたからだ。

「そうやって、ここにいる『意味』が欲しいと願うのは、本来は忘れ去られるしか道のない死者故の渇望なのかも知れない……」

心情がドロドロに混じって、本来は一度も書いたことのない一人称の小説。私に訴えかけるものはあっても、他の人が聞いたところでなにを思うか保証も、予想も出来ない。

それでも死者は述べる。死者ノベルを世に送り出して、生き続ける。

ここにいる自動車に轢かれた『私』としてではなく。

他人の心に、『伊香亜紀』として生き長らえる為に。


トロフィーも贈呈《ぞうてい》されて、授賞式自体はすぐに終わった。

今は会場内で忘年会の最中のように会話の花が咲き乱れている。同時受賞者も担当編集にトロフィーを預けて、誰かから貰ったのであろう花束を抱えて挨拶回りしている。

私も会場から離れて宙を漂い、熱が冷めるのを待つように余韻に浸っていた。

やり遂げた。走り抜いた。そんな感覚に包まれて、気持ちまで宙に浮いている。息子が現れた会場で、大演説。完全新作、誰にも発表出来ない小説を大舞台で作り上げた。

それだけで、トロフィー以上の物を抱えている気分になれる。

結局、私の興味の形は小説バカに行き着いてしまうんだろう。

かつての、創作に対する想いが中途半端、そして適度に蘇《よみがえ》る。

たまんないわー、小説。

この声なき物語こそ、幽霊が語るにもっとも相応しいもの。

うっとり。

そんな久しく失われていた想いに胸を弾ませながら、会場に降り立つ。ノートパソコンを片手で抱えて、全裸の私が会場内を駆ける。息子のもとへ急ぐ。

息子は会場内のテーブルの側に立って遠くの女の子を見つめていた。

「おいおい、カーチャンの小説に感動……するわけないか」私の姿は見えないのだから。感動はこっちだけか、チェッ。

息子の側に少しの間立つ。十七歳の息子は背丈が私よりずっと伸びていた。面相も私から遠ざかっている。少し嬉しく、ほんの僅か寂寥《せきりょう》。

女の子を眺め続ける息子の様子を暫く眺めていたけど、いくら待っていても気づきそうにないから退散することにした。来てくれただけでいい。

それだけで、私はまた五年闘える。小説バカの心意気で前を向いていける。

得体の知れない満足感を胸に納めて、全裸の私は再び走り出そうとする。小説を書こう。帰ったらすぐ、また書き始めよう。休みだと言ったけど休日返上で、次の原稿に取りかかりたい。この世界と私のお別れが来るまで、『生き甲斐《がい》』に従事していこう。

小説バカは白紙の原稿を踏みしめて進む。その足の汚れが、小説となる。

そんな感慨を抱いている私の足を止められるものは、あっさりと一つ見つかった。

「あ、おつかれさま」

下半身が前を向いたまま上半身を捻る勢いで振り返る。実際試せば実行出来てしまいそうだから恐ろしい、じゃなくて！　今の息子の、声！　台詞！　どなたに！　向けて！

息子は先程と同じ方向を向いていた。その周辺を見たことのある顔が通過する。作家仲間だった。そいつが通りかかったから、息子が挨拶しただけだ。項垂《うなだ》れる。あっち行け、とも思った。けど、途中でふと気づいて顔を上げる。おつかれさまって挨拶は変では？

目上の人なんだから、『お疲れ様です』と言うだろう、宅の息子は。礼儀知らずに育てた覚えはない。十二歳以降は知らんけど旦那のことだから大丈夫。だから今の挨拶は、もっと親しい人に向けたものじゃないんだろうか。

そして周囲にその作家以上に息子と親しい顔なんて、一つも蠢《うごめ》いていなかった。

「……っは、はは、は」

グッと、手のひらに指の爪を突き刺す。痛みは伴わない。感触も当たり前のように失われている。だけど握った、という実感と足腰に不思議と力が満ちることだけは分かる。

……確証はないし。

振り向いてもくれないけれど。

めでたい場面なんだから、夢にごまかされるのも悪くない。

私をからかいに会場まで訪れていた夢が遠くへ逃げていく。

それを目だけで追いながら。

息子のいない方向に。

私の歩き出すべき会場の入り口へ、返事する。

「ありがとう」

涙は流れないのに。不思議と、涙声みたいに言葉が震えていた。


今日も死者は声なき物語を紡ぐ。

虚構のお伽話《とぎばなし》を、どこかにいるあなたに。

三次選考『カルネアデスの板』

熱弁を振るっている編集者の話に耳を傾けながら、手元にあるポイント表を睨む。

三次選考へと編集者各自があげてきた応募原稿に割り振った評価ポイント。合否がボーダーラインの作品を更に上へと推したい編集者が、今こうして雄弁に語っている。

五階の会議室に、不健康そうな顔色の全編集者が集っての三次選考真っ最中。普段の営業会議では、他の人の発表時に社員証をコントローラーに見立てて、空想マリオで時間を潰すこともあるぼくだが今はさすがに真剣だった。未来の屋台骨になるかも知れない作品を選ぶ作業だけあって、一貫して真面目な雰囲気が漂っている。何時間もぶっ通しで、編集者がそれぞれの判断で二次選考から掬い上げた原稿にそれぞれが目を通し、ポイント制で評価を下していく。そして最終選考に相応しい作品を選ぶのだ。

もし逆に三次選考に相応しくないような、単純に評価してつまらない作品を選んでこの会議に持ちこんできた編集者は、ぶっちゃけ糾弾されることもある。それぐらい厳しい。

ぼくの隣に座っていた編集者が、本人は一押しの作品としながら他編集者の評価が平均して低い応募原稿の魅力を懇々《こんこん》と説明する。実のところ、ぼくもその作品に高い評価を与えてはいなかった。だが編集者の語り口は別の視点からその応募原稿を評価するもので、なるほど、と思わず事前の評価を覆して賛同する部分もあった。

更に感心するのは、その応募原稿はこうして高く評価する編集者に読まれたことで、花開く可能性もあるということだ。応募する側からすれば誰に読まれるのかなど選べない。偶然ならそれを運と呼び、必然であるなら巡り合わせということになるんだろうか。

この選ばれた多数の作品の中から、最終選考まで残るのは一握り。他の作品を蹴落とさなければ、選ばれない。ここにいなくとも応募者同士の戦いが繰り広げられている。

ぼくたちはそれぞれの価値観に基づいて、その争いに肩入れをしているに過ぎない。

さて。もうじき、ぼくも他の編集者を納得させる為に口を開かなければいけない。

ぼくのあげた原稿の中で、評価がボーダーラインにあるその問題児。個人的に今年の担当した原稿の中で、一番の変わり種について語る必要があった。この作品は編集者の中でも肯定と否定が大きく分かれる。否定の声は拒絶にまで高まりかねないぐらいだ。だからこそ面白い、とぼく自身は考えている。こういうのも偶にはいいじゃないか、と。

最終選考の審査員がどう反応するかも正直見てみたい。そんな気持ちだった。

隣の編集者の熱弁が終わり、ぼくの出番が迫る。この作品と、応募した作家の将来が今この場ではぼくの双肩にかかっている。

敏腕弁護士になったような気分と面持ちで、その原稿を手に取りながら口を開いた。

四章
ブロイラー、旅に出る

朝起きて。また寝て。昼から部屋で仕事して。夜も仕事して。明け方寝る。

こいつぁブロイラー。大学出てからの俺の三年間はまさに小説ブロイラー。ブロイラーは食われる為に育てられる。生きる理由は俺たちに食われる為。無駄と発展性のない生き様だ。俺も同じく。小説書くこと以外なーんも出来ん俺は、小説書くことが生きること。

ある意味で小説バカ。他の仕事が出来ないバカ。だから小説しかないバカやってます。

友達いねー。彼女いねー。作家の知り合いもいねー。指折り数えてみた。残るのは小指と薬指。なんか折り曲げる要素あったか？　むしろそれもねーのか？　そいつぁコンパクト。ないない尽くしも成立しない。ないのがない。妙に哲学的になってしまった。

というわけで俺は今日も小説を執筆中。少しやる気がなくなれば寝る。寝て起きたらトイレ行って麦茶飲んでまた仕事。人生の贅肉《ぜいにく》が一番ないのは俺。ちょっと自信あり。

小説の売り上げもそこそこ。同居人は家族。一番話すのは佐川急便のおっちゃん。あ、佐川の人が重版の見本誌とか運んでくるからさ。これが俺のすべて。そんな歌あったな。

どうでもいいけど、君はブロイラー。なにかのタイトルっぽいけどどうだろう。女に言ったらもれなく殺されそうだな。じゃあ君は地鶏《じどり》。意味分からん、とひとりつぶやく。

俺と向きあうやつはパソコンのディスプレイだけ。カタカタカタ。締め切りまで余裕があるのに、他にやることがない。だから大体仕事中。デビューした当初の熱意はどこへやら。創造は作業に移行している。惰性で動く俺の指が紡ぐ物語は、惰性で売れ続けている。

担当編集も作品への干渉がいい加減になってきた。野放しに近くてもそこそこの結果が出ているからだろう。中堅どころの扱いはどの環境でも中途半端になる。学校でも社会でも。

これこそブロイラー。管理された飼育でそれなりの結果を出す。テストで零点《れいてん》のやつは熱血教育。百点のやつは拍手喝采。六十点のやつは可で終了。ま、なにか言いづらいわな。

なんか色々思いを馳《は》せて、書くのが嫌になった。寝たばかりで眠気もないのにこれは珍しい。横になっても眠れそうもないので部屋の床に座る。パソコンの微《かす》かな稼働音。その音が俺の生活を管理しているみたいだ。そういう距離を置いた音の仲間に思える。

俺は実家のこの部屋で二十四年ぐらい生活している。学習机も小学生のまま。本棚も小学生のまま。中身も漫画多数、小説チョロ。始めチョロチョロ中パッパ。関係ねえな。

本棚を眺める。並べられたズッコケ三人組。その横から続く俺の著作。シリーズ物がずらっと本棚占拠。よくこんなに書いたな、と他人事に思う。事実、他人も大きく混じっている。三巻までは自分でネタを出した。その後は担当編集の出したアイデアを基盤にしている。俺はそれを受けて話に仕立てただけだ。それが良いか悪いかなんて興味ない。

仕事は請け負うもの。出来ることがそれぞれに割り振られてそれをこなす。それだけだ。俺の出来ること。それなりに評価される小説を書くこと。俺の文体は基本、この思考の垂れ流しだ。短文を畳みかけるように繋げる。すると躍動感が出る。ときもある。情緒と余韻がない。と批判されるときもある。批判しかなかったら終わりだった。でも終わってないということは何処かの誰かが認めているってこと。ブロイラーにも需要がある。

認めるということは諦めることの建前。なんて自分の本に書いたこともあったな。そんなことを思い返して床に寝転ぶ。座るのが気怠くなった。体力の低下が年々酷くなっている。グラフで表したら登山家かスキーヤーに需要がありそうな険しさだ。最後は道路で干からびたミミズみたいになる。きっとなる。それでもまだ、俺は小説一筋なのかね。

「……一筋って表現、耳ざわりはいいけどさぁ」

鶏《にわとり》と俺の供給するものが食い物か暇つぶしの違いだけってことだ。

『だけ』なんだ。

……二十六歳になってから唐突に思い始めた。このままでいいのかと。このまま何年、ブロイラーで生きるつもりだと。どう生きることが立派か知らんが。立派に生きることの価値も知らんが。けど変化がないことに疑問と不安を覚える。同じことを繰り返してなにかが変わると思っちゃいけない、だったか？　アインシュタイン？　ありゃ嘘だろう。だって俺には芽生えたぞ。俺は繰り返しの中で疑問を生んだぞ。自分の生活への問いかけだ。

世界のとっても賢い人は俺の心の中にあるものを変化と認めないのか？

例外か？　突然変異ってわけか？　そんな特別な存在ならブロイラーやってないだろ。

寝転びながら視界に入る本棚。最近は自分の本しか増えていかない。小説家となってから人の本を極端に読まなくなった。年中文章と向き合っている影響だろうか。活字に触れることに気乗りしない。だから脳に新しい情報が外から入らない。知識に変化がない。書き上げる作品の質も大して変わらない。多分、悪循環なんだろう。

そこまで分かっていながら、俺はなにもしないのか。

こんなやつがよく小説家になろうと思い。そしてなれたものだ。

……などという葛藤も締め切りのことを考えれば有耶無耶《うやむや》になる。締め切りは紐みたいなものだ。何処か行こうとしても足を引っ張る。そして、現実の杭《くい》に俺を引き戻す。

あぁ何処まで行ってもブロイラー。身体を起こして、再びパソコンと向き合う。

なにも思いつかない。けれど指が呼吸かまばたきのように、義務感でキーボードを叩き続ける。液晶には、『俺の夢はこんな生活だったのか？』と浮かび上がっていた。

カレンダーは見ない。部屋にもない。けれど気候で季節は察する。夏だ。部屋の中は冷房が効いている。でも鼻が乾く。水分が足りないとすぐ起きる症状だ。次に下唇の裏側に縦線が生まれる。干上がるようにだ。最後に喉が痛くなる。今は全部訪れていた。

寝起きは大抵こんなもんだ。肌が全面張り替えたいほど蒸し暑い。緑色の遮光カーテンを開く。外は曇り空で今にも一雨来そう。最近は日照り続きだったから降って暑気払いでもしてほしいものだ。カーテンを閉じる。時計を見上げると昼すぎだった。ベッドの上で伸びをしてから欠伸を繰り返す。水分を補給するついでにバナナでも食べようと部屋を出た。食事は大体、バナナで済ませる。食事まで変化がないな、俺。イエス、ブロイラー。

階段を下りて一階へ向かう。冷房の御利益はすぐに身体から失せた。髪が首や頬に張りつく。感触はぬるま湯の流れのようだ。耳にザラザラと触れてうざったい。伸びすぎだ。誰か切りに来て。このもさ男を風通しのいい青年にしてくれ。床屋のデリバリーはないのか？　いや髪をデリバリーさせた方が早いか？　分からん、と首を捻って廊下を進む。

台所には母親がいた。大概いる。昔からだ。その昔から不思議だったんだが、なにやってるんだ？　清掃も調理も行っている様子はないのに。なぜかいつも台所にいるのだ。

親子ブロイラー説を疑いながら椅子を引く。座る。上半身はテーブルぺったり。テーブルも俺も表面が湿っている。ヌルヌルの二乗。不快感は四乗ぐらいだ。

「おはよう」と母親が挨拶してくる。でもこれは二度寝に対する嫌みなので返事をしない。代わりに流しの前で突っ立っているだけにしか見えないカーチャンに昼飯を催促。

「カーチャン、バナナ」「カーチャンのバナナでいいの？」「ねーだろおい」「げはは」「えはは」お互いに真顔で笑い声だけあげる。なんて下らない冗談。しかもどっちも早口。父親も早口。だから俺の思考や癖は環境か遺伝のどちらか判別が難しい。混合かも。

母親がこちらを向く。手にバナナはない。俺の望む展開の為に振り向いたわけじゃないようだ。落胆しつつ母親を見上げる。相も変わらず曲線だらけの顔立ちで、口を開く。

「あんた暇？」「は？」「顔が締まりなくて暇そうね」「親譲りだよ。で、なんか用事？」「そう。従弟《いとこ》の読書感想文を手伝ってあげなさい」「……あぁ？」

……読書感想文？　ああ、あれか。夏休みの課題ってやつか。あったなそんなの。

そしていたな従弟。正月ぐらいしか会わないから忘れていた。名前も知らん。

「なんで俺が？」「文筆業なんだからそういうの得意でしょ」「そういうのって、おいおい」

カーチャン、なんか勘違いしてないか。小説と感想文は仲間じゃねーぞ。『そういうの』では括《くく》れない。サバと大根《だいこん》ぐらい違う。大体、俺は感想文なんて書いたことがない。子供の頃のやつは親父や兄貴に頼っていたからな、そういうの。だから未経験。無理。

「全然書けなくて困ってるんだって」「大変だね」「というわけで代打指名」「代打っておい丸投げかよ」「あんたもそうだったじゃない」「……そんなやつに代打を頼むな」

俺の自虐的な悪態は無視される。窓の方から蟬《せみ》の声がしゃわしゃわと聞こえ始めた。母親は俺の意見よりそっちに注目するように窓を向く。俺も見る。雲の海が広がっていた。

「俺、締め切りがヤバイんだけど」嘘だが。「従弟もヤバイらしいわよ。夏休みもそろそろ終わるし」「宿題と仕事を同列に扱わないでくれるかな」「お年玉貰ってたでしょ。従弟の親から何年も。その分を返すと思いなさい」「うぐ」額を押さえる。それを言われると弱い。親戚は叔父《おじ》一家しか近くに住んでいないこともあり、お年玉という一年の希望を担っていたのはあの人たちだけだ。しかも金額がかなり大きかった。恩は忘れていない。

「……それに叔母《おば》ともたまには話をしたいでしょ？」

「それは別にどっちでも」

確かに叔母さんには大学時代、色々と世話になったけど。……まぁ、いいか。

「いいよ。従弟来るの？」

叔母の話が出たのだからそれはなさそうだが。まさか子供と一緒に来ないだろう。

「あんたが行ってきなさい。その間に布団とシーツ洗っておくから」

「へいへい」

まるでホテルだな。似たようなものか。二十四年も滞在しているわけだ。常連だねえ。

「今から行けばいい？」「そう。土曜日は学校のプールもないらしいから」「分かった。その前にカーチャン麦茶」「カーチャンの麦茶でいい？」「酸っぱそうだから市販のにして」

話しながら立ち上がる。冷蔵庫を開いて自分で麦茶の瓶を取りだした。コップを用意するのが面倒なので瓶に口をつけて飲む。冷たい奔流《ほんりゅう》。口と舌の裏、それに喉を潤す。まず下唇の裏が艶やかになった。鼻の乾きは取れない。どんどんと麦茶を飲みこむ。

叔父の家か。叔母よりはどちらかというと叔父の方に会いたくない。学校の先生だからな。出不精《でぶしょう》その他諸々《もろもろ》の生活態度を説教されそうだ。というか従弟は両親どちらにも相談出来るじゃないか。読書感想文ぐらいどちらもお茶の子だろう。……と、すれば。従弟はどちらにも知られたくないということか。宿題を手伝って貰うわけだからな。俺は平気で家族に頼ったが。厳しさと過保護とプライドの高さと。昔の流行歌っぽいな。

麦茶を飲み干した後、台所を出る。終始手持ちぶさたにしか見えなかった母親も後に続いて廊下へ出る。ぺたぺたと湿っぽい足音が二つ。親子で体重も近いせいで足音そっくり。

三和土に裸足で飛び降りる。「コラ」と背中が怒られた。無視して台の下からビーサンを用意する。読書感想文ねぇ。俺はその本を読んでないと思うけど、どう手伝えと？

児童文学書の類を評価するのは一層、専門外なんだが。

なにはともあれ準備が整う。あってないような準備だ。さて。

ブロイラー、旅に出る。

みたいな。手ぶらでビーサン履いて。髪モサッとしたまま。

一歩進んで横の髪が耳を覆う。従弟の家より床屋に行きたくなった。

「ちょっと待った。はいこれお弁当」

母親が高校時代に戻ったような台詞を口にする。そして手渡してくる。振り向きざまに受け取る。バナナだった。皮が少し温《ぬく》もっている。母の温もりを感じた。至極《しごく》嫌な意味で。

「……今、何処から出した？」手ぶらだったぞ。台所から出たとき。

「服の秘密の場所から」

海パン刑事かあんたは。呆れながらバナナを握りしめて家を出た。自分にも呆れる。

バカがバナナとやってくる。

外出の常識を忘れてるのかテメーは。自分に愚痴りながら外の湿度と温度に浸る。

ぐん、と重力が増したようだ。額を中心に押さえつけられる感覚。それに眼球が痛む。

奥が圧迫される。曇り空の下にいることさえ目玉が苦痛を伴う。人間の武器である適応力さえ失いつつあるのか。いつまでも痛む眼球を庇《かば》うように手で覆う。そのまま慣れた庭を歩き出す。

熱い涙がだらだらとこぼれる。耳に入った水が眠るときに流れるように。どろりと。これは膿《うみ》だ。怠惰な生活が濁った光の中で浄化される際の膿。俺はそう受け取った。涙で滲んだ世界。その中で不確かながらも黄色いもの。バナナ。手探りで皮を剝く。道路の真ん中に立つ俺は自動車の往来も確かめないでバナナに熱中する。バナナ大好き！

バクバクと二口で全部食い切る。顎を意識して動かして力強く嚙み砕いた。生温い甘さが口に広がる。奥歯のあたりがその甘みに疼いた。その甘みが消えない内に空を見上げる。

部屋の中で生きるブロイラーは今日も光を浴びない。

養鶏場《ようけいじょう》で育てられた鶏は、いつ光を浴びるのか。

……出荷されるときだ。

とすれば、俺が光を浴びるのは。

小説家としての俺が死んだときなのかね。

「あーつうか俺、」外を歩くのは何週間ぶりだ？

指折り数えても足りそうにないので、歩く度に舌打ちで補足した。


従弟の家は広大だ。親の稼ぎがよければ自然、そうなる。道場か寺みたいな造りの古風な屋敷。家の中には本館と別館。それを繋ぐ長い渡り廊下と風光明媚《ふうこうめいび》な中庭。鳥が鳴き、虫が鳴き、犬が鳴く。蝉しか鳴かない俺の家とは時空が違っても不思議じゃない。

その家の前に立っていた。頭に落下したら骨が砕けそうな屋根瓦《がわら》。トラックが衝突しても弾き返しそうな大仰な門。Tシャツと短パンの俺などオーラだけで吹き飛びそうだ。

家の向かい側に目をやる。青い貸倉庫が失敗したテトリスみたいに積まれている。利用しているやつを一度しか見たことがない。その一度の利用者は俺なのだが。

門の側にある呼び鈴を強く押す。すぐに家の住人が出た。「はい」甲高い子供の声。叔父たちの子供は一人しかいない。従弟だろう。「代打に来ました」「はい？」しみったれた反応だ。もう少し機転を利かせて欲しい。自分の小学生時代を棚に上げて憤慨していると、「ああ、あの、イトコさん?」こちらの正体を察してきた。「そう」

すぐ行きます、と声がインターホンから遠ざかる。握りしめ続けてぐんにゃりしたバナナの皮を指で摘む。開花させるように左右に開いて遊んで時間を潰した。バカだ。

宣言通りに従弟がすぐ現れた。重そうな門を辛《つら》そうに押して外へ顔を出してくる。「どうぞ」と俺を招いたので「どうも」と門の隙間をすり抜けた。正月に顔を合わせて以来の従弟。半袖《はんそで》のシャツに半ズボン。日焼けによって腕の皮がむけ始めている肌。子供だ。子供に許される格好と状態だ。が、俺も日焼けしてないだけで格好は同じだ。俺も子供か?

顔つきや背丈は大して変化が見受けられない。一見で線の細い子供という印象。数秒待つと明らかになるのは、どこかおどおどとした態度。人の機嫌を窺うような上目遣い。卑屈そうな子供だ。その卑屈そうな従弟が俺の手を見やる。正確にはバナナの皮を。

「なんでバナナの皮持ってるんですか?」「弁当だから」「……お弁当なのにもう食べたんですか?」「高校時代は早弁が趣味だったなぁ」従弟が愛想笑いで応えた。嫌なガキだ。

従弟に続いて家へ入る。玄関に靴はない。両親は出かけているようだ。仕事か？　いや小学校の教師は夏休みか？　分からん。とにかくいないならいい。挨拶も必要ないだろう。ビーサンをいい加減に脱ぎ捨てて廊下へ上がる。従弟が歩きながら振り向いた。

「手伝いに来てくれてありがとうございます」「いやいいけど。書けないって？　感想文」「はい、すごく困ってて」従弟が曖昧に笑う。「マジ困ってます」なんで二回言うんだ。よほど困っていると訴えたいのか。それとも他に話題がないのか。両方かも知れない。

「両親は？」「デートに行きました。本屋デートとか」「あっ、そう」デートとか。歳を考えろよ。そう言ったらきっとそっくりそのまま返されるだろう。二十六歳、外出ろよって。

のっぺりした踏み心地の廊下を真っ直ぐ進む。叔父たちの家は広大だが平屋だ。二階はない。従弟が廊下を右に曲がる。俺も曲がる。その方向には覚えがある。別館だ。

「小説家さんだから、感想文とか書くの上手ですよね？」

長い渡り廊下を歩く最中。従弟が期待を込めて振り返り尋ねてくる。それはどうだろう。小説家は感想を聞く側であり作る側とは言い難《がた》い。曖昧に口を歪めて返事をごまかした。バナナの皮を握りしめる。皮の内側に残った実が手のひらにくっついて不快だった。

従弟が部屋の障子《しょうじ》を開く。仕切りがドアじゃなくて障子か。そんな家は親戚宅でもここだけだ。開いた途端に冷気がふわりと漂う。空気が氷の塊になりそうなほどの低温。それがまず顔にかかる。思わず足を止めた。止めている隙にも冷温が俺の熱を奪う。寒気と心地よさが同時に肌を覆った。既に部屋に入った従弟が、立ち止まった俺に首を傾げている。

「どうかしました？」「いや、エアコン効いているなと」設定温度はいくつなんだ？

「ぼく、暑がりですから」「そうなんだ」暑がりならそんなに日焼けするまで外にいるなよ。

部屋に入って冷えきった障子を閉じる。閉じきると匂いが変わった。渡り廊下の土が焦げるような匂いから、子供部屋の匂いに。青竹のような匂いがする。和室自体の香りだろうか。室内は洋風の学習机。上にはランドセルとノートが転がっている。壁の上側にはイノシシの絵が飾られている。二つの本棚には漫画本とライトノベルが詰めこまれていて、俺の本はありそうもない。テレビは液晶、ゲーム機は最新型機が完備。天国もこれくらい整っていれば死後に期待が持てるな。そんな感想を抱いてから従弟に目線を戻す。従弟は畳の上に正座してクッションを用意していた。青いクッションを「どうぞ」とこちらへ差し出してくる。クッションは俺が座るには少し小さい。だが室内は冷蔵庫の内側のようだ。立っていると冷気を全身で受け止めてしまって身震いする。だから身体を抱くようにして、すぐにクッションの上へ座りこんだ。二の腕を手のひらで擦る。バナナがべちゃっと肌に張りついた。あ、忘れてた。俺バナナ持ち。妻子持ちを意識して言ってみた。

萎びてそばかすだらけのバナナの皮を畳に転がす。さてと。

「それで、手伝えって具体的にどうすればいいんだ？」

向き合う従弟に程度を伺《うかが》う。どれほどの手伝いが求められているのか。プロット、本文修正、推敲、或いは完成品の批評か。或いは、過去の俺をなぞることになるのか。

質問を受けて従弟が立ち上がる。学習机の上に束ねられた作文用紙と文庫本を取る。そしてそれを無言の笑顔のまま俺に差し出してきた。受け取らずに従弟を見上げる。

「……………………………………」従弟の肌がひび割れた笑顔に変化はない。

「……」え、本当に丸投げ？　十数年前の俺と同じ選択？

原作、本文、修正オール兄貴？　翌年はオール親父？　終いにはオール叔母？

小学生の面倒くさい宿題筆頭、読書感想文。それを受け持つ役割がとうとう俺にも回ってきた？　もうそういう歳か。二十六歳は子供の面倒を引き受ける立場なのか。俺は未だに実家でブロイラー生活なのに。子供なんてとてもとても。面倒見切れないぜ。

「はいっ」

従弟が随分と爽やかな声を出された。とっとと受け取れこの野郎。無邪気を装う笑顔の裏に渦巻くものを読み取る。見た目から受ける卑屈そうな印象は誤りだったようだ。

「全部書けって？」

一番上の作文用紙が白紙だから。つまりタイトルも名前も未記入。新品同様。手垢《てあか》がついたのも今が初めてだったりして。従弟は曖昧に微笑んで言いづらそうにしている。その態度が質問に対する肯定だ。渋々と受け取りながらも困惑。どうする俺。どう立ち向かう。

だって感想文なんて自力で書いたことがないぞ。二十六歳にもなって。いや普通の二十六歳は読書感想文に取り組まないか。いやそもそも普通の二十六歳は平日の昼間に以下略。

小学生の頃のツケが今になって回ってきた。心境はまさにそんな感じだ。

「お願いしますっ」

体育会系のような小気味いい挨拶。知るかこの野郎。バンと作文用紙を顔面に叩きつける。そんなやり取りを妄想する。普段の担当編集との打ち合わせでも終わるまでに三回は想像する。やったら終わりだけど一度は実行してみたい。胸が締めつけられるようだ。恋か？　行為に恋か？　悪くない。性別だけが恋じゃない。ブロイラーはいつだって光に恋している。閉めきったこの部屋にも当然、光はない。俺の恋は今日も満たされない。

「あー」言葉の続きがすぐに出ない。珍しい。俺の家系では珍しい言い淀み。よほど困っているようだ。濁したい。お茶を濁したい。そうしないと俺の威厳が失われる。

「何枚ぐらい書けばいいんだ？」

「最低三枚ってことになってます」

「ふぅん」

四百字詰めの作文用紙三枚。普段の小説なら三十分で書き上げている分量だな。手書きとワープロの違いはあるが。……俺、昔はこんな少量の文章に悪戦苦闘していたのか。

なにもかも小さかったんだな。

「でさ、これなにか自分で書こうって試したことある?」

作文用紙を指でなぞりながら確認する。さぁ次、なにを言おう。すぐに頭を巡らせる。

「……ないです」

従弟が辛そうに俯く。多少は面倒以外の訳を感じさせる仕草だ。あの頃の俺よりは誠意と罪悪感を匂わせる態度。それを見下ろしていると少しバツが悪くなる。

偉そうなことを言える立場ではない。こいつの母親にも世話になったのだから。

従弟の母親。つまり俺にとって叔母に当たる人物。彼女は、小説家だ。俺よりずっと世間に認知されている大物作家で変な人だ。人物の説明を纏めてしまったがまぁいい。

「とにかく、あぁ、書けるとこだけ書いてみろ。ダメな部分は俺がなんとかする」

などと考えなしに口走る。パッと明朗になる従弟の表情。直視しづらい。目を逸らして作文用紙を見る。ついでに渡された文庫本にも。目が止まる。……その著者名に。

「……へぇ」

「あの、どうかしました?」

いや、と疑問に対して首を振る。見覚えのある名前だったからつい。

この人の本、確か読んだことがある。それも一つのキッカケとなって、従弟に命じた。

「よし俺が本を読み終えるまで自力でがんばれ。以上」

そう告げて背を向けるように寝転ぶ。従弟がその場から動き出す気配を感じるまでジッとしていた。畳と足の裏が擦れる音を聞いてから目を閉じる。そして溜息。

この本を読み終えるまでに考えなければいけない。

……なにをだろう？

目の前に転がっているバナナの皮にでも滑ってみれば、思いつくのだろうか。

そうして従弟が机に向いて鉛筆を握りしめる。うわ苦痛がもう浮かんでいる。日焼けで剥けかけた顔の皮がクシャッとなって気味悪い。それを見届けてから俺は文庫本を開く。

一冊の本に丹念に目を通す。仕事ではなく趣味の範囲で。何年ぶりだろう？　本に触れること自体、忘れかけていたぐらいだ。青いクッションを枕代わりとする。

「……懐かしいな」

この作家の本を手に取るのが。『町高幸喜』。俺が高校生の頃に別の作品を読んでいたはずだ。この本がそれより新しいのか。或いはもっと古いのか。判別がつかないまま冒頭の文に目をやる。季節と月日を示す無難な書き始めだった。

「懐かしいって、ひょっとして知り合いだったりするんですか？」

「いや会ったことはない。読んでただけ」

「そーですか。その人最近、本出してませんよ」

「そうなんだ」どうでもいい情報をありがとう。

今年で十歳になる従弟が感想文用の本として選んだ内容だ。お高尚《こうしょう》なお文学ってわけじゃないだろう。児童文学のおもむきだろうか。だが児童向けだからと侮《あなど》れない。アメリカの児童文学と紹介されていた本は大人の俺が読んでも面白かった。確かルイス・サッカーの『穴』だったか。思えばあれが最後に読んだ本だったと思う。……あ、失敗した。文章が頭に入ってきていないのに。目だけ動かしてページを捲ってしまった。戻す。

「あの、書き出しはどうすればいいでしょうか」

従弟がいきなり助け船を求めてきた。早いわ。泳げない子供が海に飛びこんだようなものだ。飛びこむ前に泳ぎ方を聞け。でも丸投げするようなやつだからな。こんなもんか。

「拝啓、いかが、じゃなくて。なんだったか」

親父の書いた感想文の内容を思い返す。確か『僕は今回〇〇を読んで』的な入り方だったはず。「……みたいな」伝えると従弟は頷いて机に向き直る。そのまま書くようだ。

提出した本人の主体性が一切ない感想文。このままだとそんなものが出来上がりそうだ。俺のとき同様に。従弟が頭を捻りだしたので本に逃げる。冒頭からもう一度読み始めた。

「………………………」「あの、続きどうしましょう」「……んー」「読んで、思ったこと書けばいいんですよね？」「んー……」「でも思ったこと書いたらそれだけで終わっちゃうんですけど」「……んぅ」「……あのー」「………………………………」

読書中なんだから話しかけるなよ。いい加減に返事してページを捲る。伏線も比喩表現もない。平坦に整えられた文章。序盤とはいえ物語の起伏も希薄。のっぺりと世界観を説明しているだけだ。そんなのが冒頭から二十ページ近く続く。ページを捲る。

「……あ、表の呼び鈴だれか押してる」従弟が首を伸ばして障子の向こう側を眺めようとする仕草を取る。「ん？」俺は顔も上げないで生返事。従弟が椅子から腰を上げる。

「ちょっと行ってきます」「んー行ってらっしゃい」右手を力なく振って見送る。ページを捲る。やっと物語が動き始めた。主人公が冷凍睡眠によって世界で一人きりになった。しかも原因は知り合いの博士のギャグに巻きこまれて。酷い動機だな。

従弟が部屋から出て行く。それをきっかけとするように寝返りを打つ。ページを捲る。未来の地球に一人降り立つ主人公。自然の栄えた世界。人類はいない。よくある世界観だ。

主人公はさまよう。当てもない。絶望の中、森をかき分けて歩く。冒頭の長ったらしい世界観説明はなんだったんだ。日常の喪失を強調したのか？　ダルイだけで効果は薄いぞ。

ページを捲る。捲る。捲る。捲る。時々イラストが挿入されている。主人公が横を向いて歩いている構図が多い。でもこれは意図しているみたいだ。平和な現代に暮らしていた主人公。未来の森に紛れた主人公。その対比。段々と服装がボロになっている。目つきが険しくなっている。そして何処かへ向かって常に歩いている。それがテーマのようだ。

本の表紙に印刷されたタイトルを見直す。『ぼくだけの星の歩き方』。納得。

従弟がすぐ戻ってきた。手には一冊の本。ハードカバーだ。見覚えのある表紙。

「お母さんの本の重版見本誌が届いてました」「へぇ……よかったね」俺なんか月に一度届くかも疑わしい。僅かに上げていた視線を本に戻す。従弟が側に座る気配。

「読み終わるまで待っててていいですか」

「んー」

待つもなにもここお前の家だから。適当に頷いて両足を胴体に抱き寄せる。ダンゴムシのような姿勢でページを捲った。この部屋寒い。でも今は文句を口にする間も惜しむ。

従弟は携帯ゲーム機を弄り出す。何処かくぐもったゲームの音楽。それをBGMにしてページを捲り続ける。読むのは早い方だから、そこまで待たせることもないだろう。

主人公は諦める。中盤、人捜しを放棄した。そして一人で生きることを決意する。ありがちだな。不慣れなサバイバルをこなして必死に抗う。生きることが目的になっていく。

それはほとんどブロイラーの生き様だ。生きる目的が一つになった瞬間。人は生活がブロイラーになる。単純に。最適化して。他の行いがすり減って。失われていく。ページを捲る。捲捲捲捲捲捲捲る。主人公は諦めたと宣言したのに、唐突に人を探し求めようとする。暴れ回る。走り回る。光さえも届かない森の奥へ駆けて。そして最後には諦める。なにも見つけられないまま。疲労感だけを滲ませて。その繰り返しだ。

そしてそうやって生きている間に、一巻は終わってしまった。ただし本の締めは『終わり』でも『完』でもない。続くとあった。……続くのか。この主人公の、生きることが。

そしてこの作家が、本を書き続けるということが。

読み終えたので身体を起こす。途端、従弟がこちらを向いた。待ってましたとばかりに。勢いよくゲーム機を放り捨てながら。改まるように正座して笑顔を見せつけてくる。

「感想文の続き、お願いします！」

「この作者のさ、他の本ないの？」

嚙み合わない会話。勢いを殺される従弟。萎縮したような顔つきで本棚を指差す。

「あ、えと、棚に」

「よしよし。それも読ませて」

立ち上がって本棚から抜き取る。シリーズ物で六巻まで揃えてあるようだ。片手で全巻を摑んで座る。二巻の表紙を確かめる。主人公が描かれている。一巻と大して代わり映えはない。ボロボロの格好で遠くを睨みつけているイラストだ。やっぱり左を向いている。

この主人公は愚直に世界の左側へ向かうのが使命のようだ。一巻の終わりに自身、そんなことを呟いていた。

「あのぉ、感想文は？」

「待て」

「もう待ちました」

「暫《しば》し待て」

説得終了。俺の中では完了。本文に目をやる。また陳腐な始まり方だった。湿度が高いとか鬱蒼とした森とか。ありきたりな表現と森の奥行きの説明ばかりが続く。

俺はそれを読み進めて、何処か安心してしまう。

「その本、そんなに面白いんですか？　はまったってやつ？」

「いやそんなに面白くないよ」

「はぁ……」

「夢中になってるのは別のこと」

この作者が、この本を書き続けているということ。文体、内容、キャラクター。設定や世界観が変わっても根本はまったく変わっていない。昔に読んだ本、そのままだ。なんにも変わらないで、小説を書き続けている。

「つまんねーなー、これ」

「でもにやけてますよ」

従弟が横から指摘してくる。笑ってる？　俺？　触ってみると頬が緩んでいた。確かににやついているようだ。きっと、面白いからじゃなくて。嬉しいからだろう。

俺はこういう人に憧れて小説家を志したのだから。

華々しく見えた。遠い空の向こうの出来事に思えた。それでも目指して幸運で辿り着いて、夢の正体を知った。夢の本質は今の俺を取り巻く環境だ。つまり、ブロイラー。

俺が光の向こうに見たものはこの作家の姿なのだ。何年も。もう十年ぐらいか、或いはもっと長い年月。この人は小説を書いてきた。大して代わり映えもしないままに。

十年前、対面した夢。それと再び今、こうして向き合う。俺が作家になってから本を手に取らなくなったのは、これが原因だろうか。本は、俺の思い描いた夢が確かな形となったものだから。だから無意識に避けていた？　なるほどねぇ。今度は意識して笑う。

本の中で主人公は相変わらずだ。二巻にもなってさまよっている。他のだれかと出会う。その未練を捨てきれない。未知の世界になかなか都合良く順応しながらも。願っている。

その心の弱い部分が剝き出しになる一節を、何度も読み返してしまう。俺がいる。俺がここにいる。そんな盛大な感情移入を込めて。面白くないのに。すっかり、どっぷり。

俺の心は本の中の世界に浸《つ》かっている。きっと、現実も同じなんだ。

今の俺は夢に囲われている。

夢は外側が光り輝いて。内側は、真っ暗なのだろう。

全て読み終えると夕方になっていた。外は曇りのままで時間の流れは不明瞭《ふめいりよう》だ。

凝り固まった肩を回した。腰も回す。そこらかしこの骨が連鎖して鳴る。爽快だった。

完結となる六巻を閉じる。あとがきまで読み終えた。身震いと疼きが俺を襲う。

エアコンの冷気に侵された肌。その薄皮の奥で拳を振り上げる、多量の熱。

久々に他人の作品に感銘を受けた。そもそも、読むのが久々だが。

「なぁ、お前さ」背中を丸めて座っている従弟に話しかける。

「はい。そろそろお母さんたち帰ってきそうなので本の続きは明日読みに来てください」

今度はなにも期待していないらしい。昼頃よりずっと取り組んでいるゲーム機からも目を離さない。俺は棚の空洞に本を片づけながら言った。

「別に俺に頼らなくても書けるんじゃないか？」

従弟がゲーム機から顔を上げる。親指で電源を切った。そして俺に対して首を傾げる。

「なんでですか？」

「いや、なんとなく」

根拠はない。強いて言えば小説家の子供だから？　いやでもそれは理由になってないか。その理屈が成立するなら俺にも当てはまる。母親から継いだ家事の才能があるはずだ。だが現実、バナナを食うことしか出来ない。未だに自分の部屋の掃除も親任せだ。

「まさか、えぇと、書けないからそういうこと言ってるんじゃありませんよね？」

鋭いなこいつ。四時間前の俺はまさにその状態だった。不審そうな顔に苦笑いで応える。今なら書ける気もするが。そう付け足す前に従弟は失望したように顔を落とす。

ああ待て。

俺に弁解の機会を与えてくれ。そう願っている間に従弟がぼそぼそと口を動かした。

「困ります。僕は、あなたに書いてもらわないと……なんか、困る」

「どう困るんだ？」

言い淀む。俺は促さずに待つ。エアコンの音が室内に行き渡る。そんな呼吸も止まっていそうな沈黙。長々とそれが続き。やがて母親の重版見本誌を見つめながら。

従弟は隠したかったはずの動機を俺に語る。控えめな口からこぼす。

「小説家の子供だから、立派なものを書かないと……とか」

「小説家？」

「……………………」

従弟は無言で握り拳を作る。返事に取れる仕草はそれだけだ。小説家の、子供……。

「……ああ」

そういうことね。少し間を置いてから顎を引いた。

自分の母親が小説家だから。感想文の質が低ければバカにされると。恐らく担任の教師あたりに。だから自力に気乗りせず、俺に書かせたいわけだ。合点がいった。

そういえば俺の同級生の、料理屋の息子が調理実習で失敗して笑われていたな。

「両親に相談すりゃいいのに」

小学校の教師と小説家だ。協力して解決してくれそうだろ。従弟は緩く首を横に振る。嫌です、と目で伝えてきた。まぁ気持ちは分かる。そのまま劣等感にまみれて成長しないといいな、お前。特に母親の方に。偉大だからあの人。俺なんか及びもつかない。

従弟の言葉は続かない。鉛筆も動く音はしない。だから俺が発言する。場を動かす。そんなことはブロイラーの役回りじゃないんだが。まぁ、二十六歳なのだから仕方ない。

「なぁ、なんでこの本を選んだんだ？」

本を掲げながら尋ねる。従弟は目を泳がせて思考する。そして横を向いたまま答えた。

「面白かったから」

「じゃあ面白いって書けばいいじゃん」

感想文が高尚である必要はない。高次元の考察も不要だ。作家としての俺は、与えられる感想に『面白かった』以上はないと確信している。そして俺も提供するものに『面白い』以上のなにかを込めているつもりはない。それが俺のブロイラー精神。文句あっか。

従弟が目を見開く。驚愕の顔つきで俺を見る。俺は構わず質問を続けた。

「作文用紙って余ってる?」

わざわざ買いに行くのも面倒だからな。ないならノートの切れ端でもいいし。

「あ、はい。十二枚売りのやつ買ったから……」

「じゃ、くれ。俺も感想文を書く」

右手を差し出して要求する。従弟、驚きに面食らいを重ねる。「ヘイヘイ」と中指を折り曲げる。催促すると従弟があたふたと動いた。机の上にある棚の奥。そこに手を突っこんで折れ線だらけの作文用紙を引っ張り出す。それを投げるように俺に渡してきた。

「どうもー」礼を言いつつ作文用紙をビニール袋から取りだす。数えると八枚残っていた。……十二枚売りなら残り一枚は何処だ？　従弟の手元にあるのは三枚だし。

従弟の顔を窺う。なにかを隠すようにそっぽを向いている。ひょっとして一枚は自力で書こうと試したのかな。じゃあさっきの試した経験は『ないです』が嘘なのか。

真偽は分からんが、少し気分が晴れる。もし書いたのなら俺よりマシだ。自分以下のやつを手伝うことに気乗りしないが。以上の他人に手伝ってくれと頼まれるなら、誇らしい。

「使いたい箇所があったら横から覗いて書き写せばいい。安心しろ、俺のは何処にも発表しねぇよ。ただ書くだけだ」

小説家という範疇から外れて。足を縛る紐を外して。そっと、外へ出る。

偶には、夢の外側へ。

「……はい」

二人して畳の上に正座。そして前屈みになってガリガリと書き出した。

生まれて初めて自力で手がける感想文。冒頭が紡がれる。手が止まることはない。文庫本を確認して開くこともない。まだ物語の内容を忘れていないうちに。書き上げよう。

しかし、なんで感想文を書くのか。書こうと思い立ったのか。書きたかったからか？　それもあるだろう。だけど作者自身に伝えたいものではないし、その気もない。だから本当の動機は、決意表明というか。整理をつける為でもある。自分の胸の内に。

答えを与えたい。

俺はブロイラー。小説ブロイラー。これから先もきっと、ブロイラー。

今の俺がそれを望むのだ。過去の俺がそれを望んだのだ。

寝ぼけて疲れて夢を疑ってる場合じゃねー。

そりゃブロイラーだって品種改良は必要だ。よりよいブロイラーになる為に。

このまま一切の疑問も持たないで生きて構わない。そうは思えない。だけどこのままの生活でないと書けないものが確かにある。

外にも出ず。人にも会わず。ただ作品を書き上げる毎日。

今更ながら認めよう。

俺の夢はこんなものだった。

目映《まばゆ》いほどの光に包まれた毎日。栄華。希望。そんなものはなかった。ただ暗闇の中で鳴き、あがいて、一定の価値あるものを産み落とす。それが俺の目指したものの正体だ。

勿論、他の連中は違うだろう。ブロイラーばかりでもないだろう。才能を多大に評価されて表舞台の光を浴びているやつもいる。そこを目指すやつもいる。俺もその一人だ。

けれどそれは永遠を求めているわけじゃない。一瞬の光。それさえ拝めれば、満足だ。

ここから。

俺のいるべき場所と夢の終着点から。

それなりに評価されてそれなりに求められて。何処にも、行けない場所。

俺が憧れた作家の居場所は、この暗闇なのだ。

危うく。つまらない悩みで夢の形を見誤るところだったぜ。

夢は漆黒に包まれていた。夢の天井は光も通さない。

だけどその真っ暗な居場所でも。確かなことは一つある。

ガリガリと作文用紙を埋めていくシャープペンのように。

俺の書いているものは夢のように不確かじゃない。

届く先も、夢じゃないんだ。

後日、と言っても二月ほど経過していた。十月半ば。ブロイラーの元に吉報届く。暖風と涼風を入れ替わりに感じる日だった。バッタのような虫が草むらで鳴く季節。そのとき俺は台所で昼飯のバナナ（二本目）をかじっていた。向かい側に立つ母親からことの顛末《てんまつ》めいたものが報告される。母親自身は別段、嬉しそうでもなかった。甥《おい》っ子の話だし。多少関わった世間話の類という扱いなのだろう。

従弟が夏休みに書いた読書感想文が銀賞を取ったそうだ。全国募集で銀賞。つまり全国二位。思わず笑ってバナナの繊維を噴き出してしまう。それを指で摘みながら言った。

「マジで？」「あれってあんたが書いたの？」「まぁ大体は」「それで全国二位って逆に情けないわね」カーチャン容赦なし。そりゃ確かに俺より凄い小学生がいるわけだからな。

もっともあの感想文には問題がある。小学生向けを計算していない。俺が思ったことをそのまま書き連ねただけだ。それが採用されるということは……俺が小学生なのか。

「感想文と小説は違うよ」一応反論。ついでにバナナを一気に頬張る。

「マラソンの選手が小学生に水泳で負けて、本職じゃないと言ってるようなものね」

バナナの皮を受け取りながら母親が例える。息子を何処までもヘタレ扱いしたいようだ。素直に従弟（俺）の偉業を祝っていればいいのに。果肉を呑みこんで、席を立った。

「ごちそうさま。仕事中だから邪魔するなよ」

「そう言われると邪魔したくなる不思議」

「……もうその発言からして邪魔くせぇよ」

台所を出た。出てすぐ廊下の角で隠れて台所を覗いてみる。母親は流しで腰を支えて、指のささくれを取るのにご執心だった。いつも通りにそこにあの姿があることに、何処か安心してしまう。『変わらない』のも悪いことばかりじゃない。そう満足して離れた。

自分の部屋に上がってネットで検索。すぐ結果のページが出てきた。閲覧。確かに銀賞に従弟の名前がある。金賞は六年生の男子『橘《たちばな》エイジ』。銅賞受賞者の名前は『甲斐抄子』。従弟と同じく小学四年生だ。つまり二十六歳の俺は小学四年生に勝って六年生に負けたと。うぁ、字面から漂う脱力感が凄い。でも逆にこいつらがどんな感想文を書くか確かめてみたくもなる。特に金賞の六年生。俺よりすばらしい小説家になっちゃうんじゃねーの？

「カッコ笑い」

次のページに各賞を受賞した感想文が掲載されているようだった。ページを開きたくなる。つい人指し指がマウスにかかる。けど自制した。敢えてそこまで閲覧せずにページを削除する。それからパソコンに背を向けて座り直した。ぼうっと木製の壁を見つめる。

パソコンから大げさに漏れる空気の音。電線に止まる賑やかな鳥の声。背後が騒々しい。普段は流しっぱなしの音楽を今日は途切れさせているからか。ふと思い立って、動く。

四つん這いで移動して机の上を漁る。担当編集と打ち合わせて修正点が書きこまれた原稿の束を除ける。その奥に三枚の作文用紙が畳んで置かれていた。それを取って床の上に大の字に寝転ぶ。四肢を伸ばした後、すぐに起き上がった。あぐらをかく。それから作文用紙を見つめる。俺の書いた感想文だ。俺が二十六歳になって、初めて書き上げたもの。

それを洗濯物のように左右に開く。勢いよく。まるで賞状をかざすように。

一枚目。二枚目。三枚目、の途中まで。これが銀賞を取った作文か。うは、すげぇ。

選考委員奨励賞でデビューという中途半端な経歴を持つ俺には眩しい。銀色の輝きが尊い。

そして三枚目の続き。ここはきっと、銀賞が取れない俺のメッセージ。

俺の感想文には従弟の提出したやつと少し違う点がある。結末が書き足してあるのだ。いや感想文で結末はおかしいか。結論？　とにかく締めに付け足しが存在する。従弟の家から帰って、自分の部屋で一晩悩んでの後付け。蛇足《だそく》でもいい。とにかく、書いた。

夜明けを迎える前に書かずにいられなかった。

そこに目をやる。殴り書きの汚い字。文章ソフトを通さない、俺自身の字で。

それは書き殴られている。荒々しく、激しく、他の感情を寄せつけぬように。

『あんたは高校時代の俺の光だった。

不確かな夢ばかり投げ捨てていた頃の憧れだった。

その憧れと今、俺は同じ位置に立っている。

そうしたら途端に光は失われて真っ暗になってしまった。

あんたもこんな暗闇の中で小説を書いていたのか？　ずっと？　何冊も？

まだ光に強く照らされていたい人たちの為に？

自分を照らす光を探し求めながら今もあがいているのか？

だったら、あんたを尊敬した過去の俺は間違ってなかった。

そしてあんたのようになりたいと願って実現しようとする、自分自身にも。

俺はあんたのような品種改良されたブロイラーになりたい。

きっとその先に、拝んだことのない光があると思うから』

「……むしろこっちの方が小学生っぽいな」

時間を置いて、改めて読み上げた感想はそれだった。羞恥が先行する。熱血。若気の至り。別にまだ年寄りのつもりはないが。羞恥心を超えた先にあるもの。

恐らくこれが原点。二十六年の歳月を取り払った、真っ裸の俺の言い分なんだろう。

一瞬の光を夢見て、今日も閉鎖された空を仰ぎ見る。

ブロイラーの祈りは針のように細くなり、世界に確かな点を生む。

きっとその点から覗く微かな世界に、光はあるのだろうと信じて。

だから作文を閉じて、俺はパソコンに向き直る。吐き出す熱と空気に同調するように深呼吸。書きかけの原稿のファイルを立ち上げる。溢れる文字。文字。文字。

賑やかな祭りの行進にも、散らばった消しカスにも見える。
その価値はこれをいつか目にする読者次第か。おっそろしいねぇ。
窓の向こうに見える曇り空。
その彼方《かなた》。
光の予兆に目を覆い尽くされながら、顔を上げる。
光だ。遠い光へと、今の俺が向かっている。
届かない、けれど首を伸ばして。
そのまま輝きの向こう側を覗くようにして手を伸ばした。
指先がキーボードに軽く触れる。グッと力を込めて、強く押し出した。
一歩もここから動きはしない。
だけどブロイラー、今日も旅に出る（新作タイトル）。
行き先は？
そりゃ勿論、あんたの頭の中にお邪魔させてもらうのさ。
いつかまた。必ずな。

最終選考『わたしはここで落とされました』

よって真摯《しんし》な態度で選考に取り組んでいるかと問われれば、首を捻らざるを得ないのが本音だ。そもそも現役の小説家に優秀な作品を選んでくれと依頼するのはどうなのだろう。これから生まれる競争相手に箔《はく》を付ける作業に誠意を持って取り組めるのは、よほど余裕のある立場の人間にしか不可能だろう。残念ながら今のわたしはそれに該当しない。

中堅よりやや上という立ち位置に何年も収まりながら、しかしいつ下から這い上がってきた作家に引きずり下ろされるかという不安は拭《ぬぐ》えない。そんな不安定な作家にこういった仕事を頼むのは適性を見誤っていると言えよう。テレビ番組ではないのだから、バラエティーに富んだ審査員は必要ない。大事なのは市場に評価される作品を選ぶ心眼《しんがん》だけだ。

「そういう意味では、誰に審査やらせればいいのかっつー話ではあるな」

独り言のつもりだった呟きは、閑静とした会議室の中では個人に留まらない。わたしの両脇に座っていた社長と審査員小説家がこちらに注目してくる。落ち着かなくなり鼻を指で掻きながら、「あー」と声を間延びさせて時間を稼いだ。含蓄《がんちく》のある発言をせねば。

「わたしたちが評価しても買うかどうか決めるのは読者だしな」

「そーですね」

若い小説家がお昼の某番組の返し風に反応する。この男、人のことを尊敬しているなどと宣っていたが態度にそれが強く表れていない気がしてならない。それはさておき適正な審査について思いを巡らせる。評価するのが読者であるなら、やはり要は読者か。

「ネットかなにかに発表して読者投票に任せるとか？」

「いや発表したらみんなネットで読んで本は買わなくなっちゃうでしょ」

社長が反論する。真にその通り。商売というのも難しいものである。同じく審査員である取締役も頷いた。この場にいる審査員はこの四人である。最後の一人はどうしても姿を現したくないと言い張る覆面作家なので、既に最終選考に残った作品の評価を送りつけてきていた。生意気なやつであると言いたいところだが、その女の息子が書いた読書感想文を利用したことのある身なので自重することにした。

「なかなか決まりませんねー。問題はやっぱこれですか」

社長が原稿の束の表面を手の甲で撫でる。その原稿は、最終選考に残された作品の中で一際、異質な内容だった。いや異質というか腹が立つというか笑えるというか。こんな作品を応募してきた度胸は満場一致で評価しているが、問題はその先で意見が大きく分かれていた。アイデアを賞賛するべきか奇手邪道と評価外に除けるべきか。わたしは諸処の事情があり、そのどちらも取ることが出来なくて目を泳がせていた。まずかつて落選した身からすれば全員に賞を与えたい、という気持ちと全員落ちてしまえ、という嫉妬の両方が胸に内在している。それに加えて色々な葛藤がわたしの中でせめぎ合っている。困るのだ、こういうのは。会議の難航に業を煮やしたのか、多数決が始まろうとしている。たった四人の多数決で作品の全てを決めていいのかとは思うが、それしか選ぶ方法がないのも事実だ。まず社長が反対と告げて、それからわたしに選択を無言で迫ってくる。……あぁもう。

自身の混在する評価の中でその一瞬、浮かび上がった方を口にした。

後は野となれ山となれ。

先の保証など誰もしてくれないのが、作家道なのだから。

五章

バカが全裸でやってくる

ひょっとしてきみは、小説家になりたいのかな？

多いねぇ、ひょっとしてが。若者の『ッス』ぐらい頻出。つーか実の子供への尋ね方とは思えねーけど、ま、口癖に近いものだったんだろうな。

なにしろ親父は小学校の教師だから。仕事と私事の区別は曖昧にして欲しくないがね。

これはオレの母親にも言えるんだが……言うべき相手は、ここに来てないみたいだ。

そこに伴うものが安堵なのか失望なのか判別のつかないまま、息を吐く。

ホテルの、授賞式の会場として使われている広間にいながら思い出すのは両親のことだった。今日はその母親が受賞したにも拘わらず、両親どちらもここには不在とか。

「笑えるよ、ほんと」

それなのに、こうして会場を訪れているオレ自身も。十分、笑いの対象だ。

首筋を揉みながら、輝かしい壇上を見つめる。会場の一番高い場所で受賞の栄光をその身に浴び続ける女性を眺めると、改めて決意が滾る。オレならこう挨拶する、もっと気の利いた言い回しを口にする……なんて架空の狸の皮を何枚も剝《は》いでは悦に浸りかける自分に呆れながら、緩みかけた頬や口もとを引き締める。それでも口からは希望が漏れた。

「やっぱ、夢見ちゃうよな」

小説家という仕事に就き、際限なく評価されることを。

オレは小説家になりたい。

昔々、父親が尋ねた問いには咄嗟に首を横に振ってしまったけどな。夢っていうのは裸みたいなものだ。透けて見られると気恥ずかしい、たとえ相手が親でも。

受賞者の挨拶が終わり、会場内は爆竹の中身みたいに拍手が破裂する。オレも、ここには現れなかった母親を祝う気持ちをほんの少し込めて柏手《かしわで》を叩いた。まぁ母親に向けての祝福は小指一本分ぐらいだな。五年も顔を合わせていない母親にはそれで十分。

拍手が鳴りやんでトロフィーの贈呈も終わると、会場の空気が弛緩《しかん》する。立ち止まって壇上に注目していた緊張がほぐれて、みんなが思い思いに動き始める。ここに本屋で著作を並べられている作家が山ほどいる、と考えるとオレは談笑する余裕なんかとても持てない。まるで壇上にでも立つように緊張して、強張《こわば》った首を左右に振った。

左側を見ている最中、制服を着た女の子がテーブルの側でグラスを傾けているのを発見する。そいつの服装は見慣れないが、顔の方には見覚えがあった。著者近影を二週間前に見かけたばかりだし。

確か、甲斐抄子だ。オレと同い年の高校二年生にして小説家と世間に広く認められている、真に羨ましい逸材。周囲はあいつを天才ともて囃《はや》す。年齢と性別、そして整った容姿に目を付けられて、担ぎ上げられている印象も強いが当の本人は淡々と作品を世に発表している。……で、そいつも授賞式にお呼ばれしていたらしい。出版社は全然別なのにな。

羨望《せんぼう》と嫉妬を込めて、甲斐抄子を暫し見つめる。甲斐抄子はオレの視線にも気づかず、グラスの中の液体を舐めるように啜りながら無人となった壇上を見つめている。同い年で、そして小説家であるあいつの目にはなにが見えているんだろう。オレが壇上を見上げたところで照らし続けていた光の余韻しか目に映らない。それさえも眩しい。

「……あ？」

ふと気配を背後に感じ取って振り返る。だがそこに、オレと関わるような人影は見当たらない。ぺこぺこと頭を下げる編集者らしき人と、大御所《おおごしょ》っぽいオッサンがいるぐらいだ。

なのにぐんぐんとオレの目はなにかに引き寄せられる。なにかが透明で、オレの目には映らないのに遠ざかっていくのを感じている、気がする。なんなのだ、これは。

おつかれさま。

なぜか、労《ねぎら》いの言葉が口からついて出る。行き交う人の間に一瞬生まれた、ぽっかりとした隙間にその言葉を投げこむ。そんな一人芝居を行う自分が危ないやつに思えて、ああ実際危ないけどさ、慌てて前を向いた。心臓バクバク。……だれも目撃してないよな？

感じた気配は背後から消えている、と思う。所詮《しょせん》錯覚の類だから、気にしないと。

「……あー、こほん」

またぼんやりと口を半開きにした甲斐抄子を見据えながら、心臓の鼓動を落ち着かせる為に咳払い。

そして、この会場で滾った決意を忘れないようにと不敵に笑う。

オレの母親はこんな大がかりな賞を取るような才能を持つ小説家だ。

息子であるオレに、その資質の全ては遺伝していない。

汚泥を掻き分けるように前進を感じられない日々の繰り返し。

……だけど。

たとえ一億光年彼方の夢であっても、手を伸ばすことはできる。

伸ばしたところで一光年も進むことができずに、絶望を摑むとしても。


都会の真ん中にあるホテル、授賞式会場から新幹線で地元に帰った翌日。

高校生の義務として学校に通わなければいけないオレは、移動疲れと興奮からの寝不足が嚙み合った欠伸を繰り返しながら教室の隅に座っていた。六月の半ば、梅雨《つゆ》入りを果たした空模様はぐずついて、土の匂いが蔓延《まんえん》している。お、パラパラと降り始めた。

朝のホームルームが始まる五分前、教室は発情期の猫が集ったように騒々しい。

「あちぃ」

じっとりと湿った腕を机に擦りつけてぼやく。会場内はあれだけ広くても空調が働いて快適だったのに、規則正しく人が座って狭苦しい教室の中は不快極まりない。オレ以外息すんな、とかつい蒸し暑さに苛立って思ってしまう。あ、もう一人呼吸していて欲しいやつがいたわ。そいつはまだ登校してきてないけど。遅刻はいつものことだからな。

そいつが現れないと、オレは教室の中で親しく話す相手がいない。退屈だ。

小説を書き続けてここまでくると、どうしても友達付き合いがおろそかになってしまう。その結果が教室の喧噪《けんそう》の外側だった。同級生でありながら部外者のように教室に存在する。

「夢への道のりは険しいぜー……」

ぼそぼそと冗談めかして嘆きながら机に突っ伏す。少し伸びた髪が垂れて、首筋や頬に張りつくのが鬱陶しい。次の休みにでも切りに行こうかな。……まぁ、まだいいか。

今週は贔屓《ひいき》にしている作家の新刊が出るから、そっちに小遣いを回したい。髪は伸びっぱなしでも死なないが、小説は一週間読まなかったら死にそうだもんな、オレ。

マグロみてーだなー、と腕を枕にして顔を転がしていると後頭部に衝撃が走った。細長い振動。だれかがオレの頭に手刀でも軽く叩き込んだみたいだ。心当たりがあったので嬉々として上半身を起こすと、今度は更に収束した痛みが首筋に突き刺さった。

「ぐぇー」

おどけて舌を出す。オレが身体を起こすのを見越して、背後にいるやつが突き出した指を配置していたらしい。首を撫でながら振り返ると、『彼女』が人差し指を構えながら笑っていた。ぬっふっふという笑い声が今にも溢れそうな、勝ち誇ったにやつきだ。

「月曜日はユーツだねぇ」

憂鬱を短く発音する所為で別の言葉に聞こえる。

「そちらのお顔はものっそい嬉しそうなんスけど」

指摘するとくすぐったそうにしながら、彼女がオレの机の高さまで屈む。机に両腕を重ねて載せて、顎をその上に置いた。オレの顔を覗きこんでくる。髪が少し雨に濡れていた。

「昨日はえっとー、トーキョー行ってたんしょ？」

「そう大都会。ここたー雲泥の差だね」

方言の混じった彼女とオレのやり取りが、周囲の賑やかさに馴染む。彼女が側にいることでようやく、オレはこの教室の一員となれるわけだ。尚、この場合の『彼女』はシーとステディー両方の意味を兼ねている。人付き合いの希薄なオレがよくこんな相手いるものだ、って我ながら疑わしいんだけどな。未だに。

真っ黒の地毛を濃い栗色《くりいろ》に染めて、顔つきは良い意味でやる気がみなぎっていない。

少しタレ目で唇は薄い方。化粧が雨の所為で多少崩れているみたいだ。

「きみのお母さんがすっげーの取ったんでしょ？　どーだった？」

「あーまぁ、大したことねーわ。すぐにオレもあの壇上に立つ、みたいな」

はいはい、と彼女が笑って流す。彼女はオレが小説を書いていることを知っているし、母親のこと、そして小説家を目指していることも話してある。彼女自身は漫画ばかり読むような性格だから興味あるんだかないんだか、ってところだが。

「そーいや、きみがこないだ送ってた小説はどうやったの？」

「あーあれ。一次選考は通過していたけど、どうかなぁ」

ははは、と笑う。連絡来ないしダメだったかも。

教室の前の入り口から担任が入ってくる。それを確かめて彼女が飛び跳ねるように自分の席へ向かう。「また後なー」と鞄を振り回して教室の机の間を駆け抜けていった。

オレは彼女が前方の席に着くところまで見届けてから、担任の退屈な挨拶が始まることを見越してノートとシャープペンを用意する。家と教室を往復する間に表面がボロボロになった大学ノートを広げて、小説の続きを書き出す。欠伸はすっかり止まって、担任の挨拶より遠くの雨の音が耳に入りこむ、独特の集中が高まっていく。うは、汚い字。心地よく自嘲しながら、軌道に乗ったシャープペンの先を目で追いかける。オレの手が半ば自動で筆記していく。白紙の、荒野のような世界に物語を書きこむ。描いていく。

世界を作る仕事。オレの母親はあとがきで小説をそう表現していた。五年前、なんの前触れもなく失踪。そしてそのまま作家活動を続けて、以来一度も家に帰ってこない。送ってくるのはメールと印税の振り込みぐらい。こんな不良親だけど、それだけはまったく同意する。

オレは現実より、自分の作る世界を愛してしまう。自己陶酔の気があんのかね。でも止める気まるでなし。ほんと、小説を書かない自分なんて想像できない。くそぅ、母親と同じですっかりオレも『小説バカ』だぜー、げははー、と心に追い風を生む。

充実して濃密して、加速した時を小説の執筆がもたらす。幸せ極まりない。

これ以上の幸福はなにがあろうと生まれないんだろうな、きっと。

担任の挨拶が終わった頃にふと視線に気づいて顔を上げると、振り向いた彼女がジッとこちらを眺めていた。さっきからずっと見ていたのか？　分からないので取り敢えず手を振った。すると彼女はようやく、とばかりに微笑を浮かべて手を小さく振り返してきた。

これでも、オレと彼女は案外上手く付き合えている。……と、オレは考えている。名残惜しい気持ちを振り払って、また机の上に広がる小説の欠片に没頭していった。

それから時は瞬く間に流れて……ってわけでもなかったか。期末考査があったからそんな穏やかな時間は流れていないが、なんとか乗り切って夏休み開始。小学校教師である親父も家にいる時間が長くなる。夏休みの期間に関して、大人では教師が一番だろうな。

その父親は今日、昼から出かけていった。小学校のプール指導の当番だと話していた。あーそういえばオレが小学生ん時も、父親がプールサイドにいたなぁちょっと恥ずかしかったなぁなんでだろう、と見送りながら考えてみた。『父親に守られている』ってことを子供心に恥じたのかなぁ、なんて結論を出した、昼下がり。カタカタカタ、っと。

冷房が必要以上に効いたオレの部屋は、家の離れに位置する。オレの家は元々道場に使われていた建物を買い取って改装したから、ムダに豪勢で過剰に和風なおもむきだ。

オレと父親だけが暮らすには広すぎる。母親がいたら……まぁ広いままだな。

机に置かれた真っ白のノートパソコンのキーボードを叩く。その背後、同じ部屋には彼女がいる。退屈だからと連日遊びに来ていた。彼女は座布団を折って枕代わりとして、畳の上に寝転がっていた。積んだ漫画本を読み崩している。その姿を眺めて冷気がまとわりつく肌を撫でていると、読書感想文に苦労した昔の夏を思い返して、苦笑いが漏れた。

「んー？ なんか面白いギャグ思いついたの？ 聞かせてみー」

彼女が漫画を顔の前から除けてオレを窺う。なんでもない、と首を緩く振った。

「ところでそこのきみ。今日の分の宿題は終わっているのかね？」

教師っぽくおどけて、彼女に尋ねてみる。いや全然教師っぽくねぇし。オレの父親と似ても似つかないだろ。なんだかなぁと言い終えてから首を傾げてしまう。

「あと四巻ぐらいで終わりまーす」

「漫画読むのが宿題かよ。小学生の理想だろうな、それ」

「いいなー。小学生戻りたいなー」

彼女がコロコロと左右に寝返りを打つ。それから思い立ったように身体を起こして、オレの使っているノートパソコンの画面を覗きこもうとしてきた。慌てて身体で隠すと、彼女は「ぷーくすくす」と棒読みに笑った。その後、本当に頬をほころばせる。

「なんで隠すの？　それ顔も知らん人に送るんやろ？」

「知ってる人の方が恥ずいじゃん」

それは一理ある、と彼女が再び寝転んだ。放った漫画を手に取り直してから、パソコンより身体を離したオレに話しかけてくる。

「そういえば前に送ってたやつは？　受かったの？」

「落ちてた」

「そんじゃー次のやつ」

「一次選考は通ってた。次は、どうかなぁ」連絡が未だに来ないし、ダメかな。

「そんで今書いてるのって漫画小説みたいな賞に送るんやっけ？」

「ま、それに近いっちゃー近い」

「ライドノベルだっけ？」

「濁点が一カ所多い」

「ライドノベルたっけ？」

「たっけたっけ」

メチャメチャいい加減に頷いた。うぃー、と彼女の勝ち誇る気のない勝利の雄叫《おたけ》びが、エアコンのガガガ音に負けそうなぐらいのか細さで室内に響く。

オレが今書いている小説は、冬に締め切りがあるライトノベルの新人賞に応募するつもりだった。ライトノベル系の文庫では最大手だし、最近は一般文芸の方にも門戸を開こうとしている。一粒で二度美味しい、は適切な表現か知らんがとにかく、チャンスが多い。

まぁその分、投稿者の数が大学受験も真っ青に膨れあがっているのだが。

競争相手が多すぎて、ライバル視に現実味がなさすぎるのが問題だよな。

それとこの新人賞、オレと馴染み深いっちゃ深い。なにしろ最終選考の審査委員が今年から入れ替わるんだけど、その顔ぶれが編集部の取締役、会社の社長、そして『町高幸喜』『伊香亜紀』『芦原時計《あしはらとけい》』と来た。小説家の方はどいつもこいつも知った名前だ。知ったというか、母親と従兄《いとこ》までいるし。

『伊香亜紀』は母親のペンネームで、『芦原時計』は従兄のペンネーム。

それに加えて、かつてオレが読書感想文の題材に選んだ本を書いた作家までいる。

ちなみにその作家、『町高幸喜』はオレ宛に感謝状を書いて送り返してきたことがある。当時のオレからすると小難しい表現が頻出の文章だったけど、凄く感謝しているのはなんとなく伝わってきた。感動じゃなくて感謝っていうのが未だにしっくり来ないんだけどな。

しかもこの感想文の内容、書いたのオレじゃないし。未だにちょっと罪悪感。

……それはともかく。

こういうわけで縁は十分。あとは実力さえ追随すれば、道は開けそうなものだ。

「しっかしきみ、よー飽きんね」

漫画のページを指で捲りながら彼女が言う。心なしか非難を含んだような物言いに取れるのはオレの耳に問題があるのだろうか。明確ではないのでさし当たって気にせず返事。

「飽きないねぇ、不思議。でも、きみも漫画読むの飽きないだろ」

「同じのばっか読んどったら飽きる」

「オレ、同じ話ばっか書いてないし」

むしろ落選する度に新作を練って作り上げて、次の別の賞に応募してきた。投稿歴は高校に入ってからだけど、結構な数を出してきたつもりだ。結果は芳《かんば》しくないが。

「ふぅん……どんな話書いとるの？」

普段はほとんど小説に興味を示さないのに、珍しいこともあるものだ。口調自体は興味ないです、というのが程良く伝わってくる。でもこの話題を振ってきたことが少し嬉しい。

いや、やっぱさ。好きなものを語りたいっていう気持ちはあるだろ？　だれでも。

「今は、強い酸性雨の降り注ぐ町で金属バットを持った少年が活躍する話」

「へー。物騒やね、少年なにすんの？」

「金属バットで悪人退治。ただし、自分が悪人と勝手に決めたやつな」

「通り魔じゃん。こわー」

彼女がちょっと引いたように首を引っこめる。いやまだ説明終わってないのに、決めつけないでくれよ。オレはどうしてか少し必死になって補足を口にする。

「世界観がちょっと物騒でさ、暴力を振るわないと生きられないわけ」

「バイオレンスかー。北斗の拳？」

てれってー、と彼女が口ずさんでこの話は終わってしまう。釈然としないものを消化しきれずに、髪をかき乱してごまかした。一層伸びてきた。いい加減、ほんと切ろう。

「でもさー、なれんかったらなにするの？」

「……は？」

彼女自身は何気なく発した一言だったと思う。だけどそれはオレの中を巡る水に、予想以上の波紋をもたらした。呼吸が一瞬止まる。息苦しくはないけど、完全な虚に陥った。

徐々に、徐々に広がった波紋が消えていくのを待ってから、彼女に問いかける。

「どゆこと？」

「だからさー、きみがショーセツカになれんかったらどんな仕事やんのかなってこと」

彼女はまだ自らの質問の重さに気づいていないみたいだ。オレはノートパソコンから指を離して、額を押さえる。ぐらんぐらん。宙ぶらりんだったオレのなにかが、激しく揺れる。彼女の人差し指を突き出す仕草に『それ』が押される幻覚を見た。

「そんなこと、考えたこともなかった」

正直な意見を吐露する。と、彼女は頓狂な声と反応で応える。

「えー、じゃー一生小説書いて食べてくつもりやったの？　……凄いねー」

最後の凄いねーのニュアンスと発音から、どういう意味合いで凄いとオレを評したか察する。簡単に言えば呆れてるわけだ。夢見がち、と言外に言われているよう。

スコーン、とダルマ落としで二段目を打ち抜かれたように虚脱して、机に肘を突く。そうしないと身体を支えられない。額に触れる手はそのままに、目がゴロゴロと回って蚊取り線香めいた線を描くことに耐える。がらんがらん、と頭の中で大きな鈴が鳴る。

小説家になれなかったら？

「……どうしよう」

どうしよう、オレ。手のひらで顔面を覆って、立ちこめる暗雲から目を背ける。親類に二人も小説家がいるから、感覚が麻痺《まひ》していたのか？　オレ、自分が小説家になること前提で毎日がんばってた。あれぇ？　どうなんだろうその辺。オレ、どう？

小説家になれんのかな、オレ。

それに『うん』と頷くことができなくて寝転がった。転がって彼女の側へ行く。

「うぉ？　なにー？」

横から転がってきたデカイダンゴムシみたいなオレに、彼女が目を丸くする。

「ごめん慰めて。ヤバイ泣きそう」

「えー、なんで急に泣きそうなん？」

「分かんない。全然、なんかでも、ウルウルしてきた」

「どうやんのかなー。よーしよーし、みたいなー？」

彼女がオレの髪を大雑把に撫でる。うぉぉ、効果ねー。微塵もねー。冷房の寒さか或いはそれ以外のなにかに身震いしながら、オレはジッと堪え忍ぶ。涙と慟哭を、グッと。

頭の中で、金属バットを持った少年が駆ける。そして渾身《こんしん》の力を込めて、振り上げた金属バットを『それ』に叩きつける。だけど心に飛びこんできたそれを砕くことは、何度金属バットを振り下ろしても叶わない。最後は、バットの方がベコベコにへこんで少年の腕も使い物にならなくなってしまった。そこで場面は暗転し、逆にいつの間にか閉じていた現実の瞼が開く。開いた先には机とノートパソコンと、そして壁があった。

部屋の壁を突き抜けて、遠く、遠く。

そんな風に途方もないものが見えるはずなく。

「直ったー？」

「び、微妙」

「うぃー、なんかお昼に悪いもん食べたとか？」

彼女にはまったく心当たりがないようで、小首を傾げている。

きみの手作りの疑問、かなぁ。とはとても言い出せなかった。

ガタガタ震える。壁が遠い。ぶち当たるはずの壁までもがまだ遙か彼方だ。

一億光年彼方の夢を確かめられる望遠鏡はオレの手元にない。

じゃあオレ、なにを見つめながら『なれる！』と確信していたんだろう？


「い、いいか。出すぞ」

「ほいほい、見てますよー」

「オレ、ちゃんと今日出すぜ。見届けて保証してくれ」

「わーったって。変なとこ小心者なやっちゃなー」

郵便局の中で葛藤し、彼女に背中を押されて、窓口に応募原稿の入った封筒を提出する。秤《はかり》に載せられた封筒の重さ分、郵送料金を支払う。窓口に立つ目の下が薄紫色の化粧濃すぎなおばさんが封筒を受け取って、奥の机にぽいっと放るように置いた。

それからオレの後ろで待っていた別の客の相手に移る。ぬぬぬ。

「終わったし、行こうよ。なに見てんの？」

彼女がオレの制服の袖を引っ張る。オレは生返事しながらも足を動かさずに、机に放置された応募原稿を凝視する。だれも手に取る様子はないことに、やきもきする。

「いや、こうさ、郵送のときに手違いとかないか心配で。ああ、早く奥に持っていってくれないかなぁ、あのまま忘れないかなぁ」

「……もう。めんどいやつ」

呆れたように彼女が溜息をつく。袖から手を離して膨れ顔でオレの隣に立つ。オレは済まんねぇ、と謝りながらも目を離さない。窓口を担当しているおばさんが客に対応しながら、こちらに不審そうな一瞥をくれてくる。いやオレより原稿、そっちそっち。

それから五分ほどして、ようやくおばさんが応募原稿を奥に持っていったのを見届けて郵便局から出た。待ちくたびれたように彼女は早足で外の駐車場へ出て、太陽に向けて伸びをする。

十二月六日、水曜日。オレは郵便局の自動扉をくぐった後にもう一度、中へ振り返った。十二月十日に迫ったライトノベル新人賞の締め切りに間に合うように、学校からの帰りがけに郵便局に寄っていた。応募原稿を、今日確かに郵便職員に渡したのだ。一緒に訪れた彼女も証人となる。送り間違いはない。うん、うんと二度頷いた。

あの夏の日、彼女の何気ない質問にへこまされたことで喪失した自信は幸いなことに、一晩寝て起きたら元通りになった。はしかのような病気の一種で、小説家志望が一度はかかるものなのかもなー。なんて今では過去形でお気楽に捉えている。四ヶ月も経てば、応募した原稿の結果に気を取られて頭がいっぱいだ。

いやー、バカで良かった。落ちこむのも立ち直りも単純で、簡単。

家に着く道の途中にある橋の付け根にある郵便局は、家の間に挟まるようにこぢんまりと建っている。道路を挟んだ正面は自動車販売所、右隣は潰れた米屋だ。米屋は日陰の所為かどこもかしこも灰色に覆われて、異世界の一端のようだった。

「送り先の住所、書き間違えてないよなぁ」

「わたしも見たから大丈夫だって。ほら行こっ」

彼女が焦れたようにオレの手を強く引く。寒風の吹き荒《すさ》ぶ外で、彼女の手のひらは温かさが強調される。自動車が行き交う道路の端を二人で縦に並んで歩いていく。オレたちは地元の高校に通って、二人とも家が近所だから自転車を通学に利用していない。というか彼女が自転車に未だ乗れないので、オレも乗らなくなった。

「十日が締め切りで、一次選考の結果が出るのは三ヶ月後」

「ふーん」

「今年こそ進級祝いの受賞、になるといいなぁ」

「へー」

彼女は淡々と返事をして橋を上り出す。オレは手を握られたまま隣に並ぶ。

「あり？　なんか機嫌悪いね」

「郵便局にデート来ても楽しくないし」

「オレは今日、映画館に行くよりドキドキしてるけどなぁ」

「おめーだけだって」

彼女が不愉快そうに目を瞑る。む、これはマズイ。見るからに不機嫌だ。

「なぁなぁ、この後どっか行く？　きみの好きなとこ行ったるから」

「日ぃ沈むの早なったから、遠く行けないじゃん」

「遠くじゃなくても……そだなぁ。買い物？　なんか食べる？」

オレがそう提案すると、そこで彼女は幾分と態度を和らげる。

「奢りでどっか行くなら許す」

許されるようなことあったか？　郵便局来ただけなのに。なんて思いつつ。

「いいよ、ただ食べ物の方ね。服とか買うの無理な」

そこまで小遣いに余裕はない。バイトもしていないし。月の小遣いはそれなりに貰っているけど、大半が本代に消えていく。他の作家の本を読むことが作家になる為に必須《ひっす》、とは言い切らないけど小説は純粋に好きだから。先週も甲斐抄子の新作を購入した。

ハードカバーで少し割高だけど、やはりあいつの本は面白い。発想の質がオレと大きく異なる。なんというか、あいつは人を騙すのがメチャクチャ上手い。叙述《じょじゅつ》トリックが自然すぎる。きっと本人が大嘘つきだからだ、と勝手に人物像を決めつけていた。

「んじゃー、なに食べに行こう。今日は甘いもんがいいかなー」

橋を上っている途中、彼女が向かい風でなびくスカートの端を押さえながら希望を告げてくる。甘いものねぇ。ミスドか、それとも橋を越えたところにある和菓子屋あたりか。

これだけ寒いと、オレは甘くて更に温かいという条件を満たすもので、胃の底を暖めたいところだけど。

橋の右手には藪《やぶ》のように連なる高い木々があり、低い丘を包むように影を作っている。昔はこの丘の場所に巨大なボロ屋敷が建っていて、幽霊屋敷としてみんなで探検したこともあった。途中で飽きてさっさと帰ったオレは、その日も小説の続きに夢中だった。

実際に身体を動かして冒険するより面白い想像。空想が現実を上回っているのだ。

「でもさ、あの小説が最終選考とかまで行ったらヤバイよなぁ。うん、ヤバイって」

母親とか従兄がオレの小説に目を通すわけだぞ。照れ臭いやら、誇らしいやら。やっとあの人たちと同じ立場、同じ目線に立てる。……って、まだ選考も始まってないわけだが。

「二ヶ月ぐらい前にも似たようなの聞いたけど？」

彼女が嫌みを塗ったような調子の言葉をはく。橋の頂上まで残り半分ってところだ。

「あ、そういえば他のとこにも出してた。そっちと同時受賞とか！」

「きみは前向きっつーか、前見ずに明るいって感じやね」

「……バカにされた？」

「してみました」

てへ、と彼女が舌を出す。あの、可愛い仕草が入るとこじゃないッス。でもバカだしな、オレ。歳を重ねて外見は父親に似てきたけど、中身は母親そっくりに傾きつつある。

「……きっと、」

母親も、他人なんかそっちのけで小説ばかり書いていたんだろうな。今も家族にメールを送ってくるだけで会おうとはしないし。血筋と環境が似通えば、人格形成も同じような道筋を辿るだろう。となればオレも将来は大作家？　ワォ。

びゅぅ、と吹いた風に頬が切られた。そう錯覚するほど冷たく鋭い風が通り抜ける。

橋を七分目まで上ると、向かい風が一気に強まる。今日は気温も低いうえに、風まで強い日で木々が折れるようにしなっている。橋の下にある河川敷にはラグビー用のポールが差してあって、犬と一緒にランニングしているお爺さんが強風に煽られていた。

オレや彼女の少し長い髪も額や耳を派手に撫でている。彼女はオレの手を握っていて、残る手はスカートを押さえているから髪に、言葉通り手が回らない。荒れ放題だ。

「こないだ送ったやつは？」

「落ちた」まぁいつものことだな。

「今送ったの、去年はどこまで残ったんだっけ？」

「一次選考は通過したけど、二次で落ちた。これでも一次選考はほとんど通ってるんだぜ」

ほほぅ、と彼女が目を細める。あ、なんか悪いこと考えているときの顔だ、と横から覗いて察する。彼女はオレの顔を確かめず、風から目を守るように瞼を下ろしながら言う。

「じゃあね、もし一次選考も通らなかったら、わたしの言うことなんでも聞いてくれる？」

ぐ。彼女がニヤリと笑う。無理なの？　と挑発するようにだ。いや、ここで退《ひ》くことはできない。一次選考も通過できないような作品を投稿した覚えはないのだから。

「おーいいよ。ただし今日出した賞に限るけどな」

しかし予防線は張る。全部だとなぁ、どっかで落ちそうだし。ぬっふっふ、とオレの返事に彼女が笑う。が、それもすぐに、化粧のように消え失せる。風に乱暴に撫でられて。

「今日送ったやつに最後まで残ったら、その結果はどれくらいに分かるの？」

彼女が空の方を向きながら尋ねる。オレは顎を指で掻きながら、少し悩んで答えた。

「来年の六月に発表かな。あ、でもそこまで行ってたらそれより前に連絡来るけど」

「ふぅん。六月にはわたしら、とっくに三年生やね」

顔と目線が、横を歩くオレに下りてくる。風に吹かれて乾ききったような眼球がオレを射抜く。オレはその視線に肩を押されたように立ち止まって、彼女に対する困惑を深める。

彼女が橋の手すりの方に近づき、下を流れる川を覗き込む。オレも釣られて目をそちらに泳がせると、水かさが減って孤島のような陸地が川の中央に現れていた。それが川を分断して、二つの流れを作っている。彼女はその手前の流れを見下ろして、身震いした。

「風、ちょい強いね」

「あぁ。風除《よ》けにでもなろうか？」

「いいわ、頼りないし」

彼女が薄く申し訳程度に笑って、橋の手すりに上半身を載せる。

いつの間にか、彼女の手はオレから離れて乱れた前髪を押さえていた。


『小説家を志す方は勘違いと現実逃避の為に努力と経験の二つを挙げます。しかし、【小説家の努力】とはなにか。訴える方はそこをはき違えているとしか思えない。小説家の尽力すべきことは、締め切りを守ること。かつ、作品をより良くすることであり、【小説家になる為】に発揮されるものではありません。小説家になることがゴール地点となっている人間の狭い視野と発想力が世に通じるか、少し考えれば分かるでしょう。それと経験。確かに経験がなければ書けないものはありますが、それは大抵専門的な事柄に限定されます。そうした知識を必要とする小説を書く分には有利ですが、逆に他の箇所にはほぼ使えないと思って構いません。純金、正《まさ》しく黄金の価値があるものを手にしたところで、芋《いも》を焼くことはできない、といった具合に。大体、仮に天国や地獄、或いは幽霊の話を書く際に経験がなければ絶対に不可能だ、と言い出すやつが何処にいますか。頭の中身がちゃんとあるなら、空想しなさい。小説家とは現実を描くのが仕事ではなく、ありのまま、全裸の夢を売り渡すのが仕事なのです。どの創作物にも言えますが、リアリティだけを追求したいなら本ではなく周囲に目を向ける方が万倍賢い。そしてそれを踏まえて、小説家になる為になにが必要か。才能に決まっているでしょう。小説を書いていて、自分に才能がないと思っている方など、断言しますがこの世に一人もいません。口先で謙虚に振る舞おうとも、全員、自信があるからこそ自分の赤裸々な妄想を世に発表しても恥じないでいられるのです。無論、私もその中の一人なのですが』

「……よくこんだけ書いて世間から叩かれんよな、こいつ。いや逆にこの毒舌が人気なのか？　分っかんねえなぁ」

甲斐抄子の著作のあとがきを斜め読みしながら、感心と憤りの半々に混じった感想をぼやく。こいつは努力と経験など才能の前では塵《ちり》に等しい、と主張しているわけだ。才能至上主義。甲斐抄子みたいなやつはスポーツ漫画の主人公には絶対抜擢《ばってき》されないし、少年ジャンプからもお呼びがかかることは絶対ない。才能がある故に潰れる可能性もあるわけだ。

「それはそれとして、じゃーん」

地元のここしか買う場所がない、という巨大な本屋から出てすぐ、隣を歩く彼女に薄い小説雑誌を見せびらかす。彼女は無言で小説雑誌の表紙を一瞥して、小さく顎を引いた。それから肌寒いように、自分の肩を抱く。

季節の移ろいは冬から、春へ。小説を投稿した十二月から年を越して、四月へと移っていた。外はまだ三月の気候を引きずるように肌寒い。今日は太陽も出ていない曇り空だから、余計に気温が低いのだろう。だけど今のオレには、気温より大事なものがある。

「でもわざわざ予約して取り寄せして貰わないといけないのがなー。この雑誌、普通に置いてくれればいいのに」

駐車場に停《と》まっている車を迂回するように、本屋の敷地の外を目指しながら愚痴る。彼女はなにも言わない。制服の襟《えり》を直している。その態度に不審なものを感じ取った。

……ひょっとするとそれは、遅すぎたのかも知れないが。

「どしたの？　なんか怒ってる？」

小説雑誌を引っこめないまま尋ねると、彼女が苛立たしげにオレの手ごとそれを除ける。

そしてオレに対して、静かに、怒る。その目は哀れむように、逆三日月の形を描く。

「怒ってるっていうか……めんどい」

「めんどいって？」

「返事するのが」

オレの足が宙ぶらりんになったまま止まりかける。彼女は構わず一歩、先を行く。

オレはバランスを崩しつつ、足の裏を駐車場の地面に叩きつける。そして、跳ぶようにして彼女の隣に並んだ。それから描写不足、もとい説明不足にも程があるので彼女の顔を覗く。

「どゆこと？」

ジッと横目で睨む。まだ分からんの？　と非難する意思。一見して悟ることができるほどの、裸の感情がその目に光として宿っている。今度こそ、オレは立ち止まった。

彼女が薄い唇をはっきりと開いて、どこを取っても尖った声を放つ。

「なんかね。きみといると、小説と話してるみたいなの」

「はぁ？」

「で、きみの小説って面白くない」

「いや、読んだことないだろ。そりゃ落ちまくってるけどさぁ」

そうじゃねーって、と彼女が額を掻きながら切り捨てる。そしてオレを置き去りにするように道路へと早足で出て行ってしまう。迷ったけどその背中を走って追いかけた。

「おーい！　待てって！」

十二月に送った原稿が一次選考を通過しているか、緊張して確かめに来たのに。なんでこんなことになるんだろう。落ち着いて自分の名前を探すこともできない。

追い縋ったオレに、前方を睨んだままの彼女は辛辣《しんらつ》を込めた一言を叩きつける。

「あのさ、わたしらもう三年生なんだよ」

「そうだね」

取り敢えず返事する。その通りで、オレたちは先週から三年生、高校生活における最後の一年間に入ったわけだ。教室も違う場所となり、彼女とは別クラスになった。

児童公園の側の十字路に差しかかって、彼女が踵を削るように急に立ち止まる。学童横断注意の看板の側に立つ彼女は恨めしそうにオレを見上げて、首を絞めつけるような声を、自身の喉から絞り出してくる。

「勉強して一緒の大学行くとかさ……考えないの？　わたし、けっこう偏差値高いとこ狙ってるんだけど」

「知ってる。成績いいからね、きみ」

そしてオレは平均程度でしかない。彼女の方が間違いなく将来は多望である。可能性が幾多にもある。しかし有望かは、だれにも分からない。なんて思っていると、彼女に詰め寄られた。胸でも押すように距離を詰めて、噛みつくように唇を大きく開く。

「きみどうするの？　どこの大学行くとか希望なんてあるの？」

「あぁまぁ。両親の通っていた大学。文学部はないけど、そこでいいかなって」

適当にそう答えると、失望でもしたように彼女が声色の音階を一段、低くする。

「小説家になるから、大学どこでもいいとか考えてる？」

図星の指摘だった。それどころか今年にも小説家になれたら、とまで考えている。

真顔を貫けず、へら、へらと頰がひくつく。その、きっと情けない顔つきのまま曖昧な態度で彼女の問いに答える。面接だったら、きっと即不合格の態度だろう。

「えーあー、まぁ」

「夢見てんじゃねーよ！　無理だって！」

突如、彼女は声を張り上げる。お前は失格ですとばかりに。彼女が声を荒げるなど一度も体験したことのないオレはあっさりと呑まれて、声を失う。

呆然《ぼうぜん》とするオレに、彼女の激昂が襲いかかる。

「きみぜんっぜん、ダメじゃん！　あんなにいっぱい出しても、ぜんっぜん成長とか進歩がないじゃん！　いっつも一次選考は通ったーとか、落ちたーとか。バカかテメェ！　気づけ！　もう、いい加減気づいてよ！」

ごんごんごん、と心の叩かれる激しい音がする。それは金属の扉に握りこぶしを叩きつけるような、硬質で、反響の酷い音だった。彼女自身、言葉でオレの胸をぶん殴っているつもりなのかも知れない。最後の方は涙声だった。

「はっきり言ったげる！　きみにはね、小説家の才能ない！　これっぽっちもない！」

「……っ……………あ……………え…………」

言い返したかったけれど、胸に詰まるなにかが息を止めてしまう。何度でも。そして目を泳がせるように落ち着かなくなったオレになにを思うのか、彼女は踵《きびす》を返す。オレに背を向けて、最後は後ろ足で臑を蹴り飛ばしてきた。血の滲むような痛みが右足を支配して、左足で一歩、前に進んだところで動けなくなってしまう。

「小説バカも大概にしろっての！　死ねぶぁわーぁーあぁぁーカ！」

そう言い残し、彼女は走り去る。オレからすれば唐突にしか思えない彼女の爆発の速度についていけず、それを唖然と見送るしかない。あれぇ、と悲嘆もなく首を傾げる。

それなりに上手くいってると思っていた。

でも実際は、彼女の中で行われていたどこかの選考で引っかかっていた……らしい。

いや何回もそれを我慢して、今はしきれなくなった……ように思えた。

小説で何人もの人間の心情を描写していながら、現実の彼女の心はまるで把握できていない自分が、哀れまれている気がした。ああ、さっきの彼女の目線は、それかな。

一人、十字路に取り残されたオレは握りしめていた小説雑誌をパラパラと捲る。

その全国発行の雑誌に自分の名前を見つけて、にぃ、と力なく笑った。

「載ってたよ、名前」

虚《うつ》ろに微笑み、小説雑誌を力強く閉じた。

母親の顔を思い浮かべながら周囲を仰ぐように見渡す。

とうとうオレも、他の人から小説バカ呼ばわり、かぁ。

結果を言えば翌月、この年も二次選考で弾かれたことが明らかになった。

この賞だけでなく、他の賞にも嫌われて、次々に落選した。

別れると公言はしなかったけど実質それに近い喧嘩が生まれた彼女とも疎遠となり、オレは教室でだれとも会話せずに小説に没頭できた。……できた？　それでいいのか。まるで肯定するように振り返ってしまえるけど、いいのか。

……ああ、いいんだなぁ。小説書けていれば、それだけで。彼女を好きになったことに嘘はないけれど、例えるならそれは……人差し指と中指の位置を変えようとするぐらい無理があるのだ。オレの中での、彼女と小説の位置は。覆せない、どうあっても。

そしてオレは教師である父親みたいに依怙贔屓《えこ》を極力減らして、受け持った全生徒を平等に扱うような真似はできそうもなかった。父親は立派だった。受け持ったクラスに息子がいても、他の子供と同様に扱った。多少、発言に親バカな面はあった気もするが……閑話休題。

その父親によく似てきた、と親戚に評価されることが多いオレは、しかし精神まで受け継ぐことはなかったみたいだ。オレは小説を優先する。自分の好きなもの、そうありたいと願うものに手を率先して伸ばす。五本の指の中で、人差し指に格別の意識を置く。

きっとオレは自分と同じような小説バカとしか、実りある交友を築けない。

それをやっとのことで自覚して、しかし。

二年近く特別であろうとした彼女との間にいい加減な『好き』しかなかったことを認めるのは、こんなオレでも辛かった。彼女への申し訳なさに、少しだけ泣けた。

だけどその後、小説に使えるかなぁと考えたオレはやはり大バカだと思った。


そして、月日が流れた。それだけの表現に、オレの心血はどれほど注がれているのか。血肉を絞り出すように流れる時間に耐え抜き、小学生の時分から一週間以上書かなかった試しがない小説も手につかないで、約束したその日が訪れるのを待っていた。

その日が始まるのを、深夜に時計を見上げていた。朝まで一睡も取ることができずに、寝不足で駅へ出かけた。日中だって夢うつつに移動を続けて、待ち合わせの時刻まで寿命を余分に削るように重々しく息をはいて。心臓も胃も、なにもかも痛い。

世界は痛みに満ちている。歩き出そうとすればすぐ傷だらけになる。だからオレたちは羞恥心とか、常識で武装する。傷を避けようと、バカを見ないようにと、賢くなる。

この数ヶ月でオレは賢くなれただろうか。……その答えを、今から出しに行く。

午後六時過ぎ。夜にはまだ少し早い時間帯。

賑わい出す寸前の繁華街の手前で合流した、待ち合わせ相手が短く手を上げる。

「待った？」

「五分ぐらい。遅刻してないからいいんじゃね？」

そうオレを許して、爪先《つまさき》から頭頂まで満遍《まんべん》なく眺め回してくる。で、笑う。

「久しぶり、言っても三ヶ月ぐらい？」

「そー……だな。高校の授業終わったのが一月だし。でも、面と向かって話すのは一年ぐらいご無沙汰《ぶさた》じゃね？」

「じゃね」

大学生になって、オレは再び『彼女』と対面する。

別れ話を保留にしてきた彼女と、だ。

オレも彼女もそれぞれの志望校に受かって、本来は順風満帆ってところだ。だけど、オレたちの顔にあるのはどちらも控えめで、弾ける為の実もぶら下がっていないような笑顔だけ。なにも生まない、スカスカした笑いが砂粒のようにこぼれる。愛想笑いと微妙な流れを引きずって、適当な居酒屋に入る。開店したばかりで、店内は客が一人もいない。

「こっち来て貰って悪かったな」

「んーん、いいよ」

入り口の側の座敷に靴を脱いで上がりながら、まずはそんなことを挨拶する。彼女が手前に座り、オレは鞄を脇に置きながら奥の席に腰を下ろす。テーブルを挟んで座ると丁度、いつか橋の上で見た川のようだった。島のような陸地に隔てられ、二つの流れを生んでいたあの川に。

「ビールでいいよね？　つーか飲める？」

「分からん、飲んだことないし。取り敢えず、まぁ、なんとかなるんじゃね？」

と、彼女に返事する。彼女はなにがおかしいのか口もとを手で覆って肩を揺する。

それから注文を取りに訪れた店員に、「生中二つ」と手慣れたように注文した。

「居酒屋とかよー来るの？」

「見よう見まね。一人暮らしも始めたばっかやし、まだ居酒屋なんか行かへんて」

それもそうだな、と頷いてテーブルに頬杖を突く。彼女も両肘を突いて指を組み、似たような前傾姿勢になる。お互いの顔が近づいて、だけど大して心は動かない。

「話は、ビール来てからする？」

「そうしよ。結果はもう見たの？」

「見てたらこんな落ち着いてない。良い意味悪い意味、両方で」

オレがそう言うと、彼女は反応に困ったようにへらへらと笑った。

それからビールが運ばれてくる短い時間、オレたちは言葉を交わさなかった。彼女はテーブルの脇にあった居酒屋のチラシをぼうっと眺めて、オレはなにも物珍しいものがない内装を見回していた。視線は交わさない。ただ、そのときが来るのを待つ……あーいや、耐えていた。心臓の形がぎゅうぎゅうと変わっていくのを、骨の奥に感じる。

愛想の良い眼鏡店員が生ビールの中ジョッキを二つ運んできた。お摘み等《など》のご注文どうされますかとついでに尋ねてきたので、彼女と顔を見合わせてメニュー表を広げる。

「なんか頼む？　それとここワリカンね」

彼女が適当に料理の写真を指差しながら勘定方法を指定してくる。

「それじゃあ、オレは……あ、確かトリカラ好きだったよな」

「うん、食べる。トリカラ一つに……なんにしよ」

二人でメニュー表と、相手の顔を見比べながら色々と注文する。二人で食べきれるとはとても思えない量になったけど、去りゆく店員に訂正は入れない。厨房《ちゅうぼう》の方へ向かうのを見届けてから、ジョッキを摑んだ。彼女と不慣れにジョッキを掲げて、そこで止まる。

「かんぱーい、ってなにに？」

「んー……入学祝いに？」

「じゃ、それで」

かんぱーい。カツン、とジョッキをぶつけ合う。加減が分からなくて少し強くぶつけて、割れないか心配になった。彼女が抵抗なくジョッキに口をつけてビールを口に含む。

オレも真似て、泡と黄金色の液体を喉に流しこんだ。苦っ。なんだこれ。美味い……かどうかも判別つかない。口の中が炭酸でいっぱいになった感覚で、曖昧になる。

「飲めるね、意外と」

「そう、かも」

彼女は後味も良さそうに頰を緩ませる。一方のオレは今一つ味に馴染めない。三分の一も中身が減っていないジョッキをテーブルに戻して、座布団に座り直す。姿勢を改めて。

「それじゃ、そろそろ結果発表にいこうか」

「うん」

彼女が頷く。オレは鞄を開いて、まだ封も開けていない書店の包みを取り出す。そして震える指でテープを外し、中から薄っぺらい小説雑誌を抜き出した。真新しい雑誌の表紙はつるつるで、アニメ調の可愛らしい女の子が見栄《みば》えよく飾られている。彼女はオレの一連の動作を、緊張しているのか引きつった面持ちで見守っている。いよいよ、だ。

この小説雑誌に、オレが去年の十二月に投稿した小説が一次選考を通過したかどうか載っている。今日はそれを確かめるという約束の日だった。その為に、彼女はここにいる。

去年の十二月。郵便局で原稿を発送した帰り、彼女の家へ寄ってそう約束したのだ。

「これで一次選考通っていたら……どうなんの？」

オレが苦笑しながら疑問を口にすると、彼女も釣られるように弱々しく笑った。

「どうしよっかねぇ。ま、取り敢えず見せてよ」

「……おぅ」

　震えすぎている指を一度、強く握る。握りこぶしを腿《もも》に擦りつけて、汗に似たものとジョッキに触れた際の水滴を拭う。指が痺《しび》れながらも震えを忘れてから、小説雑誌の目次を頼りに該当ページを探す。大丈夫、大丈夫、大丈夫と鼓動に合わせて祈りながら。

「今日も小説とか書いてたの？」

「いや今日はちょっと……あった、ここだ」

　見開きで、隣に次回の新人賞の公募が載っているページ。そしてその右側に、一次選考通過者の名前が一斉に記載されている。下の欄には同時募集しているイラスト部門の通過者の名前があった。オレは小説部門の名前に一字一字目を通そう、としたがそれを自制し、雑誌の両端を手で摑む。見ないようにして掲げて、彼女の顔の前に突き出した。

「うぉ。なんなん？」

「いや、きみが確かめてくれ。本名で応募してあるから、名前、探して」

「……いいけど」

　雑誌が壁となって彼女の顔は窺えない。ただ雑誌の横から覗ける肩が動く。指で一次選考通過者の名前を追っているらしい。オレは目を強く瞑り、ビールの後味の苦さに舌をわななかせて、結果の報告を待った。応募した以上、悔いはない。そして悔やまないよう、覚悟しておくだけだ。雑誌を掲げる腕の感覚が次第に失われていく。

そして、瞑ったオレの目を自然と開かせたのは。

溜息、だった。

彼女の。

長い溜息の後、彼女がぽつりと言う。少し遠回しな前置きを。

「なにがいいだろね」

「……あぁ？」

顔を上げる。彼女はちびちびとジョッキに口をつけながら、横を向いていた。

「命令。なんでも好きなこと聞いてくれるんでしょ？」

最初、彼女がなんの話をしているか理解できなかった。が、吹き抜ける風を錯覚すると共に、思い当たる事柄が鼻先にぶち当たる。自分で持っているにも拘わらず引ったくるように乱暴な手つきで雑誌をひっくり返し、細々と並ぶタイトルと名前に目を落とす。

「なにがいいかなぁ、命令。嬉しいことにしないとなー」

彼女の、敢えて暢気《のんき》を装っている発言をほとんど聞き流しながら、必死に探す。指が紙の上を動く度、血液が垂れ流れているみたいだ。熱の放出を強く感じる。

　その熱を出し尽くして、最後の文字まで確かめ終えて出た一言は、短かった。

「……ない」

「うん、ないね」

　彼女は残酷なほど素直に肯定する。注文した枝豆と付き出しの野菜の和《あ》え物を店員が運んできた。オレと彼女の間に漂う停滞した空気を無視して、てきぱきとテーブルに並べられた枝豆その他。オレの手から小説雑誌がこぼれて、隣の座布団の上に転がった。

　枝豆を一つ取り、さやを指で潰す。豆も半分潰れながら外に出てきた。口に入れる。

「塩味薄すぎるな、これ」

「そう？　……あ、ほんとだ。ビールのおつまみにはちょっと物足りないかも」

　そう同意しながら彼女がビールをぐびっと啜る。オレもそれを模倣《もほう》するように、ジョッキを取って傾けた。最初より口に注ぐ量を増やす。これ飲んで死ね。一瞬、そんな思いが浮かぶ。すぐに捨て払い、ビールを喉に流しこむ。やっぱり苦く、後味は微妙だ。

「どうしようね。落ちるって思ってなかった」

彼女が呟く。「オレも」と頷くのがせいいっぱいだった。枝豆に手を伸ばす。

「味薄いよ、その枝豆」

「知ってる」

食った。もりもり食った。十粒ぐらい纏めて口に放りこんだ。それでも、薄かった。

「まぁ、別れよっか」

彼女がこともなげに意見を述べる。枝豆の皮だけがぐにゅりと奥歯に張りついた。

オレはビールを飲んでその皮を洗い流す。それら一連の動作が終わってから、口を開いた。

「それがいいかもな」

思いの外、あっさりと言えてしまう。言葉が軽い。薄いからだ、密度が。

「がっくりたぁ来るけど、心臓がね。ドキッとしないの」

別れることを提案した動機を、動悸になぞらえて彼女が語る。ああ、なるほど。確かにオレも小説の結果に落胆はしても、彼女との別れ話に緊張することは、ねぇわ。

「時間を置きすぎたかな」

オレが考察すると、彼女が小さく顎を引く。店員が、いかにも冷凍食品を温め直しただけと思《おぼ》しきフライドポテトを運んできた。どん、とテーブルに置かれる。ガッと彼女が手掴みでポテトを取る。ケチャップもつけないで、厚切りポテトをガッガと咀嚼する。

「盛り上がらん別れ話だわ」

「いや普通、盛り下がるんじゃねぇの？」

「じゃ、盛り下がりもしとらん」

確かに。店内に新しい客が入ってこなくて、清新な空気が次第に淀むようなものだ。オレと彼女の希薄な空気に、温度は感じられない。彼女はどうか知らんが、オレは……それより、落選に意識を引きずられていた。去年は通ったのに、今年は弾かれた。夢から遠ざかり、現実に距離を詰められてしまうこの圧迫感が、痛い。受け流せない。

「お代わり。あ、このグレープフルーツサワーってやつ」

ビールを一気にあおって飲み干した彼女が酒を追加注文する。オレも促されるように残りを飲みきって、ビールの追加を店員に叫んだ。くらくらする。目の横になにか回るものがある。これが、酔っているという感覚なのか。チカチカと宙でなにかが輝いて、弾ける。

「きみはこれからも小説書くの？　作家さん目指すの？」

彼女が進路希望の調査でもするように伺ってくる。空になった二つのジョッキが店員に回収されるのを横目で眺めてから、「当然」と答えた。ついでに座布団の上で窮屈な姿勢を取っている小説雑誌の折れ曲がりを正して、鞄にしまった。

本当はこのまま、帰ってしまってもいいのだ。惜しむような名残も、ここにない。

「子供のときに見た夢を簡単に捨てたら、そのときの自分に申し訳ないだろ」

「でもきみ、才能ないと思う」

そう彼女に否定されるのは二度目だ。『と思う』を尻につけるだけ遠慮はしているが。

「いやー、分かんねーぜ？　まだ開花してないだけかもしんねーじゃん」

「根拠ないのによーお気楽に言えるね。凄いわ、きみ」

あはは、と気まずく笑う。オレ、彼女に何度『凄い』って言われてきたかね？

しかも全ての凄いが後ろ向きの意味を発している、ときたもんだ。

……努力と経験が無価値か。そうかもな、甲斐抄子。多分、あんたの言いたいことは意識せずとも日々生きていれば、努力もするし経験もなにかしら積んでいく。それを活《い》かせるのが才能だ、ってことなんじゃないか？　まぁ、もっと単純に高慢なだけかも知れねぇけど。しかし発言の意図なんて本人にしか分からんのだから、受け止める側は自分なりに解釈して肥やしにしていくしかない。

「花を咲かせるには、丹念な世話と知識が必要だからな。やっぱ書き続けないと、どうしようもないんだよ。確証なくてもな」

「種がきみん中にあるかって話やろ？」

「しかも、作家になる為の花の種かも怪しい」

　お手上げ、のポーズを冗談で取る。と、店員がビールとグレープフルーツ云々を持ってきた。受け取って、今度はかんぱいもせずにそれぞれの容器に口をつける。後味以外には慣れてきて、舌の上に広がる苦味も程良い。グッグッグ、と身体を清める水でも受け入れるように口の中を潤していく。飲み終えて、口もとを拭ってから彼女に言った。

「でもオレの幸せって、その可能性を追うことでしか成立しないんだよ」

　別に将来の為だけに生きているわけじゃない。どこを切り取っても人生は人生だ。オレはいつだって、今だって幸福を享受しながら生きたい。その為に小説という要素が欠けてはならない。

「わたしにはなくても、小説には未練タラタラなんやね」

　目が据わり、グラスの底をテーブルに叩きつける彼女が恨むように低い声で指摘してくる。未練、ってまるでオレの中で小説が終わったような言葉じゃないか。止めてくれ。

「なんでそんな自信満々なん？」

「……母親が立派だから」

「はぁ？」

負けじとビールを飲んで、中身の残り少なくなったジョッキでテーブルを叩く。

「才能が、どうして人に宿るのか。その仕組みは分からないけど、ただ言えることは！」

オレが大声を張り上げることで店員の眉をひそめるような注目が集う。が、知ったこっちゃない。

「オレの母親はものっそい有名な小説家だつまり！　オレは他の作家志望より才能がある可能性が高いはずなんだよ！　出所があるなら信じてもいいだろ！」

「そんなの限んないじゃん！　やったらきみのお母さんの両親って小説家？　先祖代々小説家だらけやないときみの根拠成立しないって！」

「いや高いってだけで確実じゃないから！　ビールお代わり！」

「わたしも！」

季節の野菜天ぷらを運んできた店員に二人で酒を出せと憤る。彼女は既に血行が良くなったのか顔が真っ赤で、目は充血しながら据わっている。オレも似たようなもんだろう。

「れれ……で、ニート。きみは大学出てから絶対、ニートになってお終い」

意識はハッキリしながらも舌が回りづらそうだ。彼女がうけけけと悪魔の笑いを浮かべて予言してくる。オレは空っぽのジョッキを振り回して反論する。

「そんなわけ、あるかー！　オレぁねぇ、来年には小説家だってば！」

二人で厚切りポテトを食べ尽くしてから、口の周りの塩を舐め取る。腕を動かす度に酒の回り具合が増していく。喉が渇く。酒はまだか。なんか地震でも起きているように尻と座布団がぐらぐら揺れる。自分の身体を支えようと、テーブルに肘を突いた。

「無理ぃ決まってっしょー！　いーつまで夢見てんの！」

「夢にぃ、手が届くまでだ！」

「詰んでる！　きみの人生は袋小路！　手ぇ伸ばしても壁しか触れない！」

うぎぎぎ、と二人で歯を食いしばって互いを睨みつける。火花は散らないが、今にも前歯で相手の唇を潰し合いそうな前傾姿勢に移行していく。キスより縄張り争いみたいな形相になって近づけた彼女の顔は、息が異様に酒臭い。うぜぇ、と多分同時に思った。

テーブルの側まで来た店員の手からビールをむしり取って喉に流す。渇きが潤い、細胞に冷気が染み渡るようだった。活力が蘇り、全身が潤滑に動き出す。そんな前向きな症状が心には訪れるのに、身体は反比例するように不安定になっていく。胃も痛くなってきた。

「あのさぁ、小説書くの諦めやー。そしたらまた付き合おうよ」

彼女がねっとりした口調で誘ってくる。上目遣いで、懇願でもするように。

あー、断る。

「そうしたらきみの好きなオレじゃねーよ、多分。もうそれ、別モンだから」

ないない、とジョッキごと手を左右に振る。ビールの泡と水滴がテーブルに飛んだ。

「素体、ってーか……裸にするとね、オレって小説バカ。それ以外、なんもねーの。だから諦めるとなんにもなくなって死んじゃうわけで、もう呪《のろ》い。小説家の親がいるっていう呪いと信心に動かされて、ここまで来ちゃったからさ。引き際なんかとっくにぶっちぎって、真人間に戻れねーんだわ。死体を好きになりたかねーっしょ？」

オレにも当てはまるんだろーなー、と話しながら考える。へらへら泣きそうになりながら笑って。オレの母親が家にずっといて小説をまったく書かないような人として、急に家に戻ってきても絶対に認められない。そんなやつ、母親の亡霊だ。

小説を書いていてこそ、オレたちは母子《おやこ》の関係なんだ。

「機会があったら小説読みなよ。きみが恋したの、多分小説にだよ。だってオレ小説バカ。小説そのものみたいだからさ、な？　うん、裸のオレを好きになったんなら」

そこには夢がある。オレたちが常日頃使っているのと同じ文字を並べ替えて、幸せを作り上げてくれる魔法使い。そんなのが世間にわんさかいて、オレはそれに自分も至るときを夢見ている。オレの言葉も、物語も。きっとだれかを夢で満たせると信じている。

人付き合いも、戻れる道も、なにもかも放り捨てながら。愚直に走る。

星の果てを遥かに越えた、一億光年の彼方まで。

「だから、オレは今日も、明日も……おろろ？　畑で捕まえて？」

一人で突っこみを入れながら、テーブルの向かい側の様子に首を傾げる。黙っていた彼女がビールを飲み干し、それから呻《うめ》くようにもぞもぞと唇を動かしている。

「裸、裸……」

「おぅ？」

はだかー！

と彼女が絶叫して顔を上げた。え、裸見せてくれんの？　ってときめいたけど違った。

命令だった。確か、遠い日に約束したお願いを、果たそうと。

「おし、きみ！　裸の王様に相応しい格好しろ！　外で全裸決定！」

「あぁ？　なんでお裸ですの？」

気持ち悪い言葉遣いで意図をご説明願う。酔い潰れそうなのか、陸に上がったタツノオトシゴばりにテーブルにへばりつく彼女がごろごろと舌を回転させる。

「きみの裸見たことねーから。ちょっと見よっかと」

「えーマジでー？　それならほかんトコで見よっけ」

別れ話の土産にセクハラを譲り渡すと、んべーと彼女の舌が口の外へ突き出た。

「やーよー。きみと二人きりで密室ぅーの夢はもう終わりましたー。きみとの間にはねー、もうぽわぽわっとしたもんがねーもん。カリカリ、肌カリカリ。水気ゼロ」

なんだよ、俺の側にいるときそんなもんが視界に飛び交ってたの？　怖っ。乙女怖っ。

「あらー、除湿器全開？」

「そうぉ。だから裸になるうぉ」

「舌回ってへんしなんも繋がってねぇ」

「いいのー！　とにかくきみは裸！　全裸の大バカ野郎になってー、えぇー、ぶるんぶるんさせてー、きゃはははー！」

最後は裸の想像だけで酒の肴になったのか大笑い。

これがきみの望むお願い？　建設的じゃないにも程があって、罰ゲームかよ、と笑う。甘い甘い。全然、罰になってない。

裸だぁ？　いいじゃねーの、バカっぽくて。身も心も完全なバカになりきれば、なにかとんでもない閃きか運命あたりがその先に待っていそうじゃねぇの。

だったらオレは走るぜ。全裸で、その輝きまで。

「望むところだ！　なんかポカポカしてあっちーし！」

酒に溺れたバカが頷く。酒に呑まれた彼女が手拍子混じりで大笑いする。

皮肉にも今日が今までで一番、彼女と密に遊べている気がした。


居酒屋を出るとスッカラカンだった。財布も心も、人間関係も。

カラカラと空き缶が転がるように、胸の内に空虚な音が鳴る。

そして、夜の通りに立って。

靴下を脱ぐ。ズボンを脱ぐ。下着を脱ぎ飛ばした。入学式に着ていたスーツを脱ぎ散らかして、ネクタイを捨てる。最後に下のカッターシャツを放って、オレは。

バカが、全裸になる。途中から上がっていた悲鳴は全裸の完成形を目の当《ま》たりにしたことで一層、盛り上がる。同じく酔い潰れかけている男共でさえ、酒が引いたように目を丸くしている。居酒屋の中ならともかく、道路の真ん中での全裸は珍奇だからだろう。

普通に犯罪だし。善良に生きてきたオレも遂に犯罪者となり、世間の風に吹かれる。

「うぃ……うぁ」

一方、オレの酔いは醒めない。全裸であることを理解しても泣けない。むしろ笑える。えっく、ひっぐ、と少し苦しそうな笑い声が嘔吐《おうと》感《かん》と共に漏れる。胃液臭い。

「あはははははは！　ははっ、ははっはっ、はっははっ！」

酔いの回りすぎた彼女が手をバンバンと叩いてオレに大笑いする。彼女は笑いすぎなのか目の端に涙を滲ませている。オレは目まぐるしく揺れる世界の中で、手を伸ばす。

一億光年彼方の距離が開いたような気がしていた彼女に、いとも容易《たやす》く触れる。目尻の涙を指で拭うと、彼女は笑うのを中断して、オレの指の跡を自分の手で撫でた。

「ザラッとした」

「胡椒《こしょう》じゃね？　トリカラの」

そうかも、と彼女が舌を突きだしてオレの指を舐める。こっちもザラッとした。猫の舌だ。しかし残念、彼女の顔は犬に近い。なにが残念？

「苦い」

「あー……じゃあ、ビールかな」

かもね、と彼女が言ってオレの下半身に目をやる。噴き出した。

「ぶるんぶるん」

「実況すんなよ。んじゃー、ええと、こっちだ」

オレは方角を見定めて、ぺったぺったと右によろめきながら歩き出す。

「あ、おーい、どこ行くの？　全裸で！　全裸でー！　あっっはははー！」

「同じ学部の、連中が近所で親睦《しんぼく》会つってさ、飲み会してんだ。そっちに、今から行く」

きっとあいつが、甲斐抄子がそこにいる。絡む気はねぇけど、顔ぐらい見に行ってやろうじゃねぇか。で、オレをあいつに焼きつけさせてやる。その為には、やっぱ全裸だ。

小説と同じ。飾らない、ありのままを訴える文が人の目を引くんだよ。

「あそー、その格好で……まーいーやね、んじゃ、行ってらっさーい」

彼女が手を振る。ぶるんぶるん振る。どんどんオレと距離が広がる。

「ちょっと、行ってくるわ」

振り返ってそう挨拶して、ああ終わった、やっと終わった、終わってしまった。たくさんの終わりがオレを襲う。ぐるんぐるん。ぶるんぶるん。暖風。寒気。暗雲。

彼女は唇を閉じたまま手を振る。何度も振る。オレは無言に見送られてぺた、ぺたと舗装された地面を踏む。風を全身で受け止めてくすぐったい。脇の下と下半身にすーっと風が通るとその場で小便でも漏らしそうだった。なにもかも失って手ぶらになったオレはなにひとつ拾い上げる真似をせず、地面を蹴る。駆ける。両手を翼のように広げながら。

「バイバイ！　バイバーイ、小説バーカー！」

十分に距離が開いて、もう言葉に悪口込めても引き返してこない。そんな風に考えているように、彼女がお別れの挨拶を怒鳴る。オレは振り返りもせず、地面を蹴って跳ねるように走り続ける。上下運動に合わせて揺れるものが下半身にある。爽快だった。

酒とヤケクソの混じった燃料がオレを突き動かす。もう彼女はこの道にいない。オレが走り出す道の前に彼女は永劫《えいごう》立ち塞がらない。たった独り、全裸で駆けていくしかない。

走る。つまずいてまだ痣《あざ》ができたばかりの心を風に晒して、どこまでも。地面を蹴る度に、両手を広げて。オレの物語は光との距離を詰めていく。一億光年。なにも見えない、光がそこにあるかも確かめられない。その道を行く決意に、今も陰りはない。

ずっと考えていた。夢を叶える人間、叶えない人間の差はなんだろうと。

オレと、同い年の甲斐抄子との差はなんなのだろうと。

そしてオレは遂にこのときに至って気づく。夢の位置が違うのだと。夢を空の彼方に見るものと、この星の地平線に見つめるものと。飛ぼうとするものと、走ろうとするもの。

大抵の人間が途方もない夢を空に見る。重力を振り切り、星さえも異にするような世界の果てに光を見る。だけどそれじゃあ、効率が悪すぎる。だって人間って飛べないんだぜ。

これだけ走っても。翼のように腕を広げても。オレは地面から一メートルだって離れることができない。だから、オレはもう飛ばない。飛ぶ夢を見ない。この星を走り抜けた先にある地平線の彼方に、一億光年の夢を探し続ける。走って、全裸で駆けて!

バカ，ランニング，バカ!

まぁ酔ったうえでの見解だから、明日には綺麗サッパリ忘れているだろうけどな!

それにこの星でオレの夢が賄《まかな》えるかも分からない!

もしかしたらこの世界に、オレが小説家になる物語はないのかも知れない。

ひょっとすれば他のやつが小説家になる為に、この瞬間もなにかの物語が始まっているのかも知れない。けどそんなの関係あるか! オレが! ならなきゃ! 意味がない!

火照った肌を包む風を噛む。がぅがぅと噛み千切って吠える。なにを叫ぶのか。なにに喚くのか。自分で把握しきれない呪い、祝福、産声《うぶごえ》。交錯する悲鳴と驚嘆を道の壁としながら、全裸のオレは止まらない。だれにも止められない道を、バカみたいに真っ直ぐ走る。

「バカでしたー! オレやっぱり大学生になってもバカそのものでーす!」

夢はどこだ。夢はここだ。オレの物語は終わらない。破れても、新たな夢が白紙として目の前にそっと運ばれてくる。白紙、全裸の夢。そこにオレの、剝き身の夢を描く。

かも知れないは風に吹かれて、全力で走るオレに置いていかれる。失った。彼女を失った。でも生きている。まだオレの全裸の心は躍動し、辿り着く日を夢見ている。

バカバカしいほど遠く輝く、身の丈に合わない巨人の夢に、立ち向かう。

ありのままのオレが、疾走して。

そして、『始まり』への扉を押し開き。

バカが全裸でやってくる。

あとがき（ネタバレ注意な）

あとがきを書くというのはなんだか感慨深い。作家になったという証明のようだ。いや実際なったのだから、これほど嬉しいことはない。ありがとうございます。だれにお礼言ってるんだ？　まぁいいや。ここまで読んでくださった方、ほんとに感謝だ。

あーまず、注意。この小説に出てくる作家は実在しない。こんな名前の連中はどこにもいない。いや日本中を探せばいるかな？　甲斐抄子あたりは結構いそうだな。いたら前言撤回なので、そういう読者の方は抗議で構わないので手紙を送ってくれ。ファンレターはどんな内容でも届けばありがたい。だろ？　ただ、危ないものが入れられているとこっちに届く前に出版社で処分されてしまうから注意してくれ。読まれない手紙は虚しいぜ、内容はともかくさ。

それに甲斐抄子って名前は多分女の子だ。女の子からの手紙！　正直ときめく。

さて次の注釈というか補足。ほんとはあとがきで作品の説明なんかしない方がいいんだろうけど、この作品は色々と厄介だからな。誤解を招かないように、ってやつだ。

本書に収録されているそれぞれの物語は……まぁこっちもフィクションだらけだな。

そりゃそうだ。死んだ経験なんてないんだから想像で補うしかない。なにもかも体験することは出来ないし、別の人間になることだって無理だ。だから作中の登場人物の気持ちは、正しさなんて求められてもなぁって感じだ。正しい気持ちなんて本人も把握してねぇだろうし。

それとこの本のタイトルなんだが、まぁそのまんまだな。でもなにがそのまんまであるのか。バカは一体、誰の元へやってきたのか……なんてことを考えると少し面白いかもな。

ちなみにこの本はフィクションだから。オビに書いてあったろ。だから幕間《まくあい》の選考過程も信じちゃいけない。想像の産物ってやつだ。

さて……他に話すことはあるかな。そうだな、この小説を読み終えて一番気になるのは、『僕』があの後に小説家になれたかどうか、だと思う。他に大して謎も残ってないからな。伏線はそれ以外ほぼ回収したつもりだ。残っていたら次回作に使おうか。これは冗談。

でもこれは話すべきなのか？　ああ勿論、『僕』なんて実在しない……と思うぜ。これの真偽は内緒、ってことにしとこう。それで、『僕』のその後なんだが……例えば、推理小説ならこういうオチはどうだ？　実は『僕』として描かれていた行動は全部、最後に描かれた『オレ』だった、とか。ほんとは大学で『オレ』が甲斐抄子と張り合い、小説家への道を歩む。つまり『僕』と対話していた『オレ』の行動と言葉は……みたいなさ。どう？

あれ、でもそれだと『僕』だか『オレ』だかのその後を語ってるわけじゃないよな。おっと失敗。あーでも、そんなの決まってないんだよな。だから物好きな人が好き勝手に想像してくれ。それがきっと『僕』のその後になる、んじゃないか？　まぁ、先のことは分からんね。

分かる小説も面白くないし。よし、そろそろ切りがいいし、ここであとがきお終い。

この本の一章をもう一度読み返したくなったら、オレの勝ちだ。じゃ、またな。

××××××

入間人間

著作リスト

探偵・花咲太郎は閃かない（メディアワークス文庫）
探偵・花咲太郎は覆さない（同）
六百六十円の事情（同）
バカが全裸でやってくる（同）

嘘つきみーくんと壊れたまーちゃん　幸せの背景は不幸（電撃文庫）
嘘つきみーくんと壊れたまーちゃん2　善意の指針は悪意（同）
嘘つきみーくんと壊れたまーちゃん3　死の礎は生（同）
嘘つきみーくんと壊れたまーちゃん4　絆の支柱は欲望（同）
嘘つきみーくんと壊れたまーちゃん5　欲望の主柱は絆（同）
嘘つきみーくんと壊れたまーちゃん6　嘘の価値は真実（同）
嘘つきみーくんと壊れたまーちゃん7　死後の影響は生前（同）
嘘つきみーくんと壊れたまーちゃん8　日常の価値は非凡（同）
嘘つきみーくんと壊れたまーちゃん9　始まりの未来は終わり（同）
嘘つきみーくんと壊れたまーちゃんi　記憶の形成は作為（同）
電波女と青春男（同）
電波女と青春男②（同）
電波女と青春男③（同）
電波女と青春男④（同）
電波女と青春男⑤（同）
多摩湖さんと黄鶏くん（同）
僕の小規模な奇跡（電撃の単行本）

メディアワークス文庫

バカが全裸《ぜんら》でやってくる

入間人間《いるまひとま》

発行　2010年8月25日　初版発行

発行者　高野 潔
発行所　株式会社アスキー・メディアワークス
〒160-8326　東京都新宿区西新宿4-34-7
電話03-6866-7311（編集）
発売元　株式会社角川グループパブリッシング
〒102-8177　東京都千代田区富士見2-13-3
電話03-3238-8605（営業）
装丁者　渡辺宏一（有限会社ニイナナニイゴオ）
印刷・製本　株式会社暁印刷

Printed in Japan
ISBN978-4-04-868819-2 C0193

アスキー・メディアワークス http://asciimw.jp/
メディアワークス文庫 http://mwbunko.com/

本書に対するご意見、ご感想をお寄せください。

あて先
〒160-8326　東京都新宿区西新宿4-34-7　株式会社アスキー・メディアワークス
メディアワークス文庫編集部
「入間人間先生」係